花嫁いりませんか?

黒崎あつし

幻冬舎ルチル文庫

C O N T E N T S ✦目次✦

花嫁いりませんか？

✦カバーデザイン＝清水香苗（CoCo.Design）
✦ブックデザイン＝まるか工房

イラスト・高星麻子✦

花嫁いりませんか?

1

マンションに帰った途端、まるで待ちかまえていたかのように電話が鳴った。

電話に出る気がなかった天野流生《あまのるい》は、コール音を無視してまっすぐリビングダイニングを突っ切り、冷蔵庫からミネラルウォーターの瓶を取り出す。

『流生、そこにいるんだろう？　居留守なんて恥ずかしい真似をしとらんで電話に出ろ！』

コール音が留守電に切り替わると、恫喝《どうかつ》するように高圧的な叔父の声が聞こえてくる。

『年長者に対する礼儀を忘れたか!?　若くして成功した企業家だともてはやされていい気になってるのか？　そうなれたのはいったい誰のお蔭《かげ》だと思ってるんだ！』

「少なくとも、あなた方一族のお蔭じゃないですよ」

叔父の理不尽すぎる台詞《せりふ》にカチンときた流生は、飲んでいたミネラルウォーターの瓶から口を離し、留守電の声に思わず口答えした。

流生は、やんごとなき血筋の名家と誉《ほま》れ高い天野家の宗主《そうしゅ》が、愛人に産ませた子供だ。

幼い頃は実の母親と共に暮らしていたが、正妻に子供が産まれなかったために小学生になった年に正式に実子として認知され、跡継ぎとして強制的に天野家に引き取られたのだ。

だがその二年後、長年の不妊治療の成果で正妻に男の子が産まれると、おまえはもう用無しだと言わんばかりの勢いで、唐突に天野家の屋敷から放り出された。

とはいえ、万が一のことを考えてスペアを用意しておきたかったのか、その後も実の母親の元には帰してもらえず、天野家所有の一軒家にひとり押し込まれることになる。

家政婦付きだったから不自由はしなかったが、夜になると閑散とした広い家にぽつんとひとり取り残されるのが不安で寂しくて、慣れるまで随分と辛《つら》い思いをしたものだ。

小学生の子供をひとり暮らしさせ、直接様子を見に来ることさえしなかった一族に対しての遺恨は、大人になった今でも消えてないし、恩なんてこれっぽっちも感じてない。

関わり合いになるのも嫌だったから、大学卒業後に起業した会社が軌道に乗った後、自分の養育にかかった金を一括返済して、こっちから一方的に関係を断ち切ってやったぐらいだ。

「あれで縁を切ったつもりだったのに……」

遺産の相続放棄関係の書類も送っておいたし、金銭面での問題をクリアした今、自分と彼らとの間にはなんの関わりもないはずだ。

それなのに、ここ一ヶ月というもの、仕事を終えて帰宅する度、そろそろ天野家の一員としての自覚を持てという叔父からの電話がしつこくかかってくるようになった。

最初のうちこそ、あなた方一族とはもう二度と関わり合う気はないと告げて一方的に通話を切っていたが、最近はそれすら面倒になって完全無視を決め込んでいる。

『流生、おまえ、なにか誤解してるんじゃないか？』

高圧的だった叔父の物言いが、徐々に機嫌を取るような猫撫《ねこな》で声に変わっていく。

『宗主がおまえを外に出したのは、おまえのためなんだぞ。奥方の攻撃から守るために、涙を呑《の》んでおまえを手放したんだ。息子可愛《かわい》さ故《ゆえ》だってことわかっているのか？』

「……嘘《うそ》だ」

父親は、義母の陰湿な嫌がらせから流生を守ってはくれなかった。

家を追い出された後、一度だって会いに来てくれたこともない。

実子として引き取られ、はじめて会ったときでさえ、一瞥《いちべつ》しただけで声すらかけてもらえなかったし、公式の場以外では名前を呼んでもらったこともない。

自分は息子としてではなく、その遺伝子を受け継ぐ器としてお取り寄せされただけ。

今さら情に訴えようとしても無駄なことだ。

その後も叔父はしつこくひとりで話し続けたが、留守番電話の録音時間切れでやっと通話が切れ、流生はほっと肩を落とした。

「ああ、鬱陶《うっとう》しい。……もう、いい加減にしてくれないかな」

実家に顔を出せという叔父の真意がどこにあるか、流生はよく知っている。

天野家がどんなにやんごとない血筋の名家として誉れ高くとも、そのご威光が事業にまで及ぶことはなく、時代の波に乗り損ねて一族全体が徐々に衰退の一途を辿《たど》っているのだ。

一方、流生はといえば、大学卒業後に起業したイベント企画会社が時流に乗り、そこそこの成功を収めていた。雑誌やテレビ等に取り上げられることも多い。

叔父を代表とした天野家の一族は、流生の実績とそのネームバリューが欲しいのだ。

天野家の屋台骨が完全に揺らぐ前に、その支えとなる柱を一本でも多く加えるために……。

決して、流生自身を必要としているわけじゃない。

だからこそ厄介だった。

損得のみの感情ですり寄ってくる親族達との話し合いにうっかり応じたりしたら、それこそどんなに汚い手を使ってでもこちらを懐柔しようとするに違いない。

実際問題、今だって行動を監視されている。

人を雇って始終見張らせているのか、それともマンションの管理人あたりに金を掴《つか》ませて報告でもさせているのか、もしくはこの部屋に盗聴器でもつけているのかはわからないが、帰宅した途端に電話が鳴るのがその証拠だ。

見張っているのがみえみえのタイミングでの電話は、こちらに対する一種の脅しのように思えて少々不気味でもあるし、あの叔父が無視されたままで引き下がるとも思えない。

(なにか手を打っとかないと駄目なんだろうけど……)

リアルな危機感から、ため息をつきつつ憂鬱《ゆううつ》になっていると、今度はスーツのポケットの中の携帯が鳴り出した。

「今度はこっちか」

今までは家電《いえでん》にしかかかってこなかったのに、これからは携帯と二本立てで攻撃してくるつもりなのだろうか？

冗談じゃないと舌打ちしつつ、携帯を耳にあてた。

「そちらとは随分前に縁を切ったはずです!! これ以上しつこくつきまとうようなら、こちらもそれなりの手段を講じますからね！」

一気にまくし立て、通話を切ろうとしたその瞬間、

「ほう、そうだったか？」

叔父のものとは違う、妙にひんやりした低い男の声が携帯から聞こえてくる。

「――っ!!」

そのひんやりとした声を耳にした途端、流生は瞬間冷凍よろしくその場でピキッと固まった。

「縁を切られていたとは初耳だ。だがな、確かおまえにはかなり貸しがあったはずだ。縁を切る前に、とりあえずそれを返してもらおうか。――反論は？」

「…………ありません」

感情のこもらないその冷ややかな声に、まるで叱られた子供のように流生の首が竦《すく》む。

「よし。では、次の日曜に家に来い。婚約者を紹介するから」

「……婚約者って、誰の？」

「私の婚約者に決まってるだろう」

「えっ⁉　いつ婚約したんですか？」

初耳だった。

受話器の向こうの相手は、経済界でそれなりに名前の知られた人物だ。

縁組みが決まったとなれば、その情報は業界内を一気に駆けめぐるはずなのだが……。

「つい先日な。相手は一般人だから公式には発表していない。おまえも言いふらすなよ」

「わ……かりました」

こちらから迎えをやるからと言われた後、あっさり通話が切れる。

流生は携帯を握りしめたまま、呆然《ぼうぜん》と立ちすくんでいた。


ひんやり冷静な声の主は、流生の二歳年上の先輩で、鷹取聡一《たかとりそういち》という実業家だった。

最初に出会ったのは、まだ流生が天野家にいた頃のこと。

父親に連れられて行ったパーティーの席で何度か顔を合わせ、そのときはよろしくお願いしますと挨拶《あいさつ》させられた程度だったが、その後、もう用無しだと家を追い出された後に編入した小学校でばったり再会した。

ふたりが通った学校は小学校から大学まで一貫教育を行っている名門校で、良家の子息が数多く通うことでも有名な学校だった。

良家の子息だからといって、その人間性まで良質だとは限らない。

所詮《しょせん》は子供、周囲の大人達からちやほやされて育ち、選民意識に凝り固まった我《わ》が儘《まま》で嫌な奴もいる。そんな奴らにとって、用無しになって実家から捨てられた妾腹《しょうふく》の流生は、苛《いじ》めるのに最適なターゲットだった。

編入したその日から陰湿な苛めの対象になった流生だったが、生憎《あいにく》とめそめそ泣き寝入りするような弱々しい子供ではなかった。だが残念ながら、正々堂々と正面から苛めに立ち向かう勇気の持ち合わせもなかったので、とりあえず身を守るために知恵を働かせ、いじめっ子達が一目置く教師達の陰にこそこそと隠れることにした。

授業開始のチャイムが鳴る寸前に教室に入り、終了と同時に教室を飛び出してあちこちの教科室に駆け込む。厳格で知られる司書が常駐している図書室にもよく逃げ込んだ。最初のうちはそれでうまく逃げられていたが、次第に先回りされ逃げ道を塞《ふさ》がれるようになる。

まるで鬼ごっこを楽しむかのように、じわじわと執拗《しつよう》に追いかけてくるいじめっ子達に万事休すとなり、救いを求めて見回した視界の中、流生は久しぶりに聡一の姿を見つけた。

そして、分厚い本を小脇《こわき》に抱えて渡り廊下を歩く聡一に慌てて駆け寄っていったのだ。

「そ、聡一くん、図書室に行くの？」

久しぶりに会った相手に気安い口調で話しかけたのは、いじめっ子達が聞いているのを意識してのことだ。

流生の父親も頭を下げなければならないほどの相手の息子ならば、いじめっ子達にとっても間違いなく重要人物のはず。そんな彼と親しい間柄だと思ってもらえたら、この危機的状況から逃げられるに違いないと……。

予想はあたって、流生が聡一に話しかけると同時に、追いかけてきていたいじめっ子達の足音がピタッと止まる。

「なんだ。おまえか」

呼び止められて不機嫌そうに立ち止まった聡一は、かつてパーティーの席で何度か顔を合わせたことがある流生の顔を覚えていたようだった。

「僕も一緒に図書室に行ってもいい？」

「……好きにしろ」

聡一が面倒臭そうに答えると、いじめっ子達はそうっと回れ右して、こそこそと立ち去って行った。

その背中を見送った流生は、これでもう苛められることはないと心の底からほっとした。学校という小さな世界の中で、我が身を守る最強の盾を見出すことに成功したと……。

――聡一くんは僕の救い主だ。

流生は、聡一に心から感謝した。

小学生にして精神的な支えをすべて失い、孤独の中で途方にくれていたその時期の流生にとって、聡一の存在は大いなる救いとなった。

だからこそ、生まれてすぐに見た対象を親と勘違いする雛《ひな》のように、聡一を無条件に信頼してなついてしまったのだが……。

(あの頃の僕って、ほんっと単純で馬鹿)

今の流生は、あの日の感謝が的外れだったと知っている。

あのとき聡一は、『好きにしろ』とは言ったが、『いいよ』とは言わなかった。

流生を受け入れたわけじゃなく、どうでもよかっただけなのだ。

救いを求め必死の形相で話しかけてきた流生に対して、ついてくるなと邪険にしたら、どうして駄目なのとしつこく食い下がられて面倒なことになったかもしれない。

そんな面倒を避けるべく適当に曖昧《あいまい》な答えを返しただけで、進んで手を差し伸べてくれたわけじゃない。

鷹取聡一は、基本的に他人に興味を示さない。

シビアでクールで排他的。

愛情や義理人情も解さない。

無駄を省き効率的に物事を運ぶその姿は、まるで感情を持たない機械のようだ。

そんな聡一の正体に、流生は年を経るごとに気づいていった。

だが、そうと知ってもその側《そば》から離れたりはしなかった。

基本的に他人に興味がない聡一は、流生が静かにしてさえいれば学校の休憩時間に側にいることを容認してくれたし、聡一と親しいふりをしていれば、もういじめっ子達のターゲットにならずにすむからだ。

そんな関係は小中高と続き、聡一がエスカレーター式の学校に見切りをつけ、よりレベルの高い大学へと進学したときも当然のように流生はその後を追った。

いじめっ子達の脅威は遠い過去のものとなり、聡一の側にいるメリットはなくなっているにもかかわらず、なんとなく聡一の側を離れがたかったのだ。

愛情や義理人情を解さず孤高を貫く聡一の姿に、自分と同じ孤独の影を見出していたせいもあったかもしれない。

ちなみに、いま現在流生が若くして成功した企業家だともてはやされているのは、聡一のお蔭だったりする。

だがそれも、聡一のお家の事情に一方的に利用された結果なので、感謝するにはあたらないと思っているが……。

とにもかくにも、出会いから二十年以上経《た》った今でも、流生はなんとなく聡一から離れられないままでいる。

(……冗談……じゃないみたいだな)

通話が切れた携帯を握りしめたまま、流生は呆然として突っ立っていた。

人間に興味のない聡一のことだ。いずれ結婚するとしても、その相手はそれなりに利用価値のある、地位と資産を持った一族の令嬢になるのだろうと思っていた。

あの聡一が、自分にとってなんのメリットもない一般人を結婚相手として選ぶはずがないと思っていたから……。

（しかも聡一さん、公表しないって言ってた）

なんの利用価値もないただの一般人を婚約者とし、しかもその女性が世間の好奇の目に晒《さら》されることを望んでいない。

どうにも信じがたい話だが、どうやら婚約者を気遣っているとしか考えられない状況だ。

（つまり、本気だってこと？）

ひんやり冷たくて、人間に興味を示さなかったあの聡一が本気で恋をしている？

にわかには信じがたいこの状況に流生は心底驚き、それ以上になぜか動揺もしていた。

「いくらなんでも、ショック受けすぎだろう」

携帯を握る自分の手が震えているのを見て、流生は自嘲《じちょう》気味に笑った。

たぶん、これが政略結婚の一環だったら、こんなにショックを受けなかったかもしれない。

流生がショックなのは、あの聡一が本気で誰かに恋をしているという事実。

しかも、その人のためにあの聡一が人間らしい気遣いさえ見せているのだ。

（ずっと側にいて、それなりに役に立ってきた僕には、情らしきものを一切向けちゃくれなかったのに……）

そんな愚痴っぽい感情が胸の中に渦巻き、なんだかムカムカしてくる。

「なんだよこれ。最悪に気分悪い」

それが、嫉妬《しっと》と呼ばれる感情に近いものだと悟った流生は、思わず頭を抱えた。

人間らしい感情を解さない相手に特別な感情を抱いたって無駄なこと。

そんな風に割り切って聡一に接してきたつもりだった。

聡一から人間らしい感情を向けてもらえることなど期待してないと思っていたのに、こんなに胸がムカムカするところからして、どうやら違っていたようだ。

流生は、いつの間にか自分の中に存在していた聡一に対する特殊な感情に直面させられ、酷《ひど》く戸惑った。

（これって、もしや……）

世間一般で、『恋』と呼ばれる感情ではないのか？

「いやっ!! ないっ！ ないないっ!! それだけは断じてないっ!!」

慌ててぶんぶんと頭を振って、うっかり脳裏に浮かんだおぞましい疑惑を必死で打ち消す。

そんなこと、あり得るわけがない！

よりによってこの自分が、あんな欠陥人間に恋をしていたかもしれないだなんて想像するだにおぞましい。

それは、あってはならない悪夢だ。

「ああ……気持ち悪い」

心中穏やかでない流生は、振りすぎでくらくらする頭を両手で抱え込んだ。


そして日曜日。

鷹取家から迎えが来てますよと管理人から連絡を受け、流生はパーティー用のスーツに身を包んでマンションの部屋を出た。

エントランスを抜け外に出ると、マンション前に横付けされた高級外車の前にスーツ姿の若い男がいた。

スラリとした立ち姿が粋《いき》な若い男は、流生の姿を認めると僅《わず》かに目元をほころばせ、ほんの一瞬だが唇をとがらせる。

(口笛を吹くだなんて、どういうつもりだ)

その後、すぐに失礼のない程度の微笑《ほほえ》みを唇に浮かべたが、男のその表情の変化を流生は見逃さなかった。

「天野流生さまですね?」

ムッとしていた流生は、その問いに無言のまま頷《うなず》く。

「聡一さまのご命令でお迎えに参りました。鷹取家のお屋敷までお送りいたします」

男が車のドアを開ける。

だが、流生はその場から動かず、軽く顎《あご》を上げ、見下すような視線を男に向けた。

「君が鷹取家の使用人だって証拠は？　聡一さんの運転手は初老の男性だったはずだ」

「大澤《おおさわ》のことですね。本日は聡一さまの外出予定がないので休みを取っています。私はその代理で、お屋敷のほうの雑用を手伝っている高橋《たかはし》と申します」

「……屋敷の使用人？」

本当だろうかと、流生は目を眇《すが》める。

男の年齢は、たぶん二十二、三歳ぐらい。

メッシュの入った明るい茶髪の合間から見える耳には複数のピアスが輝き、そこそこ整った今風の顔には、年のわりに妙に落ち着き払った微笑みが浮かんでいる。

仕立てがよさそうな流行《はや》りのスーツを着こなしていて、それなりに似合ってもいる。

だが流生は、その粋な立ち姿に違和感を感じていた。

（なんか、妙にふてぶてしい）

さっきの口笛の件に関してもそうだ。

金持ちの屋敷の使用人だなんて、かなりの忍耐力が必要な仕事ができるような従順なタイプには見えない。

落ち着き払ったその微笑みには若さ故の軽さと図太さが垣間《かいま》見え、上から命令されるまま大人しく従うタイプじゃないってことがあからさまに見て取れる。

我が強そうとでも言えばいいのだろうか？

綺麗《きれい》に整えられた眉《まゆ》の下の釣り目がちの瞳からは、向こう見ずな強い気質も感じられる。

まっすぐに見つめ返してくる視線があまりにも強すぎて、流生は思わず目をそらした。

「私の身元を疑っておいでですか？」

「そうだな。君みたいなタイプを聡一さんが雇うとは思えない」

聡一が身近に置くのは、基本的に彼に対して従順で、自己コントロールが利く上品で物静かな人間ばかりだ。

職場ならともかく、くつろぎの空間であるだろう自分の屋敷に、この手の我の強そうなタイプの人間を雇い入れるとは信じがたい。

「ああ、なるほど……。確かにそうかもしれませんね。ちなみに、私を雇い入れてくださったのは、聡一さまではなく、聡一さまからお屋敷の管理を任されている執事夫妻です」

「ああ、あの人達か……」

流生の脳裏に、仕事の関係で何度か鷹取の屋敷に招かれた際に顔を合わせたことがある白髪混じりの穏やかそうな執事と、その妻である厳しげな顔立ちの和服の女性の姿が浮かぶ。

親子関係が希薄だった聡一を実質的に育て上げたのが、この執事夫妻なのだと以前聞いたことがある。

お疑いでしたら携帯で今すぐご確認をと促され、流生は肩を竦めた。

「いや、いい」

あそこの執事夫妻が、家庭に事情があって施設で育った子供達の進学や就職に協力したり、道を踏み外しかけた若者を見つけては厳しく指導して、その根性をたたき直してやっているという話を耳にしたことがある。

たぶん彼は後者のケースなのだろう。

そういう事情なら納得できると判断した流生は、これ以上ごねて時間を無駄にする愚を犯すまでもないと、緊張を解いて車に乗り込んだ。

車が走り出ししばらくして、高橋が話しかけてくる。

「聡一さまのご学友とお伺いしたのですが、随分とお若く見えますね」

「客に話しかけるのはマナー違反じゃないのか？」

「これは手厳しい」

答える義理はないと流生が邪険にしても、高橋は懲りるでもなく妙に機嫌よくへらへらと笑っている。

やっぱりふてぶてしい。

（さっき目をそらしたせいで舐《な》められたかな）

流生の身長は人並みだが横幅は並以下だ。

柔らかそうな髪も二重の切れ長の目も、光に透けると金色に光るほどに色素が薄い。すっきりとした小さな鼻と薄い唇、人形じみた硬質な雰囲気のある顔立ちは、どちらかというと中性的で、ひ弱そうだと初対面の相手に最初から舐めてかかられることも多い。

普段は舐めてかかれることのないようにとクールに振る舞い、気が強そうな雰囲気を前面に押し出しているのだが、それでは高慢そうに見えるだけだと部下達の評判はよくない。

上品で整った顔立ちをしているのだから、むしろおっとり微笑んでいたほうが得ですよと助言されたりもするが、顧客以外にまで微笑みを安売りするつもりはなかった。

「学友じゃない。僕は二年下の後輩だ」

面倒になった流生は、ふてぶてしく足を組み、ぶっきらぼうに答えた。

「ってことは二十七、八ってところですか。――ご職業は？　聡一さまとご同類ですか？」

「親の跡をそのまま継いだのかってことならノーだ。自分で起業した会社を経営してる」

「へえ、そりゃ凄《すご》い。それは、全部自力で？」

「それもノーだ。ただし、親族からの援助は受けてないがな」

「ってことは、パトロンがいるのか……。顔、綺麗ですもんね」

高橋が、さらっと言う。

あまりに自然な口調だったせいで、流生は一瞬なにを言われたのか理解できなかった。

が、すぐに気づいて眉をひそめる。

「……君は、僕を侮辱するつもりか？」

パトロン——支援者、後援者、保護者等々、様々な意味合いが含まれた言葉だ。

だが中性的で整った顔立ちの流生は、その外見のせいか、どちらかというと不当な中傷としてその言葉を使われることが多かった。

今回のこの発言も、それと同じ意味合いが感じ取れて非常に不愉快だ。

「とんでもない。そんなつもりはまったくありません。ただの好奇心です。あなたに興味があるのでフリーかどうか知りたいだけです」

怒ったってことは違うんですよね？　と高橋がしつこく聞いてくる。

（興味だって？）

どういう意味だと一瞬気になりかけたが、流生は即座にその疑問を切り捨てた。

今日を過ぎれば二度と会うこともないだろう使用人風情の思わせぶりな台詞に、いちいち振り回されてやる必要などどこにもない。

「僕に融資してくれたのは君のご主人さまだ。その見返りを求められたことはないし、初期投資はすでに返済してある」

「へえ、あの人が……。後輩だからって、ただで融資をするような人には思えないけどなあ」

高橋は怪訝《けげん》そうに首を傾《かし》げた。

（わかってるじゃないか）

聡一はただで融資するほど親切じゃないし、知人だからって理由だけで手を貸してくれるほど甘くもない。

これには、それなりに事情があるのだ。

ことが起きたのは、流生の大学生活が二年目に入ったばかりの頃。

聡一の父親が、代々続いてきた事業をのっぴきならないところまで傾けた責任を取ることもなく死んだことからはじまった。

もはや不可逆ではないかと世間で囁《ささや》かれるほどに傾いてしまった事業を継ぐ羽目になった聡一は、その事業を立て直すべく大学を休学し、休む間もなく働きはじめた。ただの大学生の流生に手助けできることなどあるわけもなく、大変そうだなとただ状況を見守っていたのだが、ある日、聡一から屋敷に呼びつけられ、唐突に『起業しろ』と命令された。

おまえには貸しがかなりあるはずだな？　黙って自分に協力しろ、と……。

流生はその後、なにがなにやらわからないうちに聡一にお膳立てされ、大学生実業家として表舞台に立たされていた。

事業の内容は、いわゆる広告代理店ということにはなっていたが、その実情は何でも屋みたいなもの。実際の業務は聡一が手配してくれた社員やバイト達がサクサクとこなしてくれるし、顧客も聡一関係で勝手に回されてくる。

流生の仕事は単なる広告塔で、社長として顔出ししなければならない場所に出向くことぐらいだ。

最初のうちは、なぜ自分がこんなことをやらされているのかがわからず首を傾げたものだが、半年も経った頃にはそのからくりがなんとなく見えてきた。

聡一は、流生の会社を隠れ蓑《みの》にして、自社では立場上手がけるのが難しい取引を密《ひそ》かに行ったり、そのままでは表には出せない後ろ暗い資金の洗浄をしていたようなのだ。

それがわかってからも、流生は黙って協力し続けた。

聡一に借りがあるのは事実だったし、たとえ飾り物であっても『社長』という立場で社員やバイト達に頼られ、関わり合って一緒に賑《にぎ》やかに過ごすのが楽しかったからだ。

ついでにいうと、違法行為の隠れ蓑として役に立っていることで、聡一の弱みを握ったような気分になれてご満悦でもあった。

だがこの仮初《かりそ》めの社長業は、聡一の事業が立ちなおると同時にあっさり終了となる。

聡一からいきなり手渡された会社を、またいきなり取り上げられたとき、流生はちょうど大学を卒業したばかり。

最初のうちは、急激に変わった状況に戸惑って呆然としたり、社長から一転して就職浪人となった我が身の情けなさを嘆いてはため息ばかりついていた。

飾りとはいえ社長業は楽しかったから、聡一に稼がせてもらったとんでもない大金を元手に、もう一度、今度は自力で起業して社長業に返り咲くかと考えられるようになった頃、またしても聡一から屋敷へと呼びつけられた。

『なんのためにおまえを社長に据えたか、その理由には気づいていたか？』

もちろん、と流生が威張って頷くと、聡一はまたしても『起業しろ』と命令した。

弱みを握られたままでは不愉快だ。黙っていてもらう見返りに、資金と優秀なブレイン達をやるから、それで今度は自分が本当にやりたい会社を作ってみろと……。

それで流生は、渡りに船とばかりに自分でイベント企画会社を立ち上げたのだ。

聡一ほどの事業の才能やカリスマ性も度胸も持ち合わせていないから、最初は身の丈にあったごく小規模な会社としてスタートした。幸いなことに与えられた素材を効率よく使う才能には恵まれているから、会社は年々無理なく無駄なくじりじりとその成長を続けている。

（ま、色々あったけど、金はちゃんと色をつけて返したし）

聡一は口止め料のつもりだったのかもしれないが、元から誰にも裏事情を話す気がなかった流生にとって、この出資はただでさえ山ほどある聡一への借りが増えただけだった。

だから借金をしてでも金を返さずにはいられなかったし、この件に関してだけは、自分と聡一はフィフティフィフティのはずだと思っている。

「失礼な質問に答えてやったんだ。そのお返しに、こちらの好奇心も満たしてくれないか？」

運転しながらしつこく首を傾げている高橋に、流生は後部座席から声をかけた。

「お？　私に興味がおありで？」

高橋からちょっと浮かれた声で聞かれた流生は、「ない」とぶっきらぼうに答えた。

「聞きたいのは今日のパーティーの規模と、聡一さんの婚約者のことだ」

「パーティー？」

「今日は、身内だけの婚約者披露パーティーなんだろう？」

「まさか。そんな大袈裟《おおげさ》なものじゃないですよ。使用人達も交えての気楽なお茶会だって聞いてますけど？」

「お茶会って……。僕の他に誰が呼ばれてるんだ？」

「誰も呼ばれてません。招待客はあなただけです」

「僕だけ？」

身内でもない自分ひとりを呼んで、聡一になんのメリットがあるのだろう？

さっぱりわけがわからず、流生は首を傾げる。

「今日のお茶会の趣旨は、聡一さまの親友を婚約者に紹介することだと伺ってます」

婚約者からその親友を紹介された聡一が、今度はそっちの親友を紹介して、と婚約者にお願いされ、その流れで流生が呼ばれることになったのだと高橋が教えてくれる。

（ってことは、切羽詰まって、仕方な～く僕に声をかけたってところか）

あの聡一に、親友なんてものが存在するはずがない。

婚約者の要求に窮して、貸しもあり、なんでも言うことを聞く流生を一時的な親友に仕立て上げることを思いついたのだろう。

（そういうことなら、最初から言ってくれればいいのに……）

そうと知っていたら、こんな仰々《ぎょうぎょう》しいパーティー用のスーツなんて着てこなかった。

身内だけを集めた婚約披露パーティーだとばかり思っていたから、儀礼通りにご祝儀を包んできてしまったが、そういう事情なら親友らしく婚約者への気軽な贈り物を用意できたのに……。

（いや、今からでも遅くないか）

屋敷に向かう途中でなにか用意することは可能だ。

「君、ちょっと車を路肩に停《と》めてくれないか？」

流生が声をかけると、すぐさま車は路肩にすうっと停まった。

「花束かスイーツか、聡一さんの婚約者が喜ばれるような、手軽なお土産を用意したいんだが……。どっちが好きそうかな？」

わかるか？　と聞くと、高橋は助手席のシートに手をかけてぐるっと振り向いた。

「わかりますよ。あの子なら、花より団子ってタイプですね」

「あの子？　何歳ぐらいなんだ？」

「あれ？　聡一さまから伺ってないんですか？」

「ああ。紹介してやるから来いと言われただけで、なにも聞いてない」

流生の答えに、高橋がにやりと楽しげに笑う。

「そういうことなら教えて差し上げますか」

実はですね、と勿体《もったい》ぶっていったん言葉を句切る。

興味を惹《ひ》かれた流生は、「実は？」とついつい自ら身を乗り出していた。

「聡一さまの婚約者は、なんと現役の高校生です！」

「高校生!?」

「はい。それも真っ黒でピチピチと活《い》きがいい高校二年生」

「黒くて元気って……。ガングロの女子高生か!!　あの聡一さんに、そんな趣味があったなんて……」

そういう存在がいたのはもはや一昔前のことだと思っていたが、まだ生息していたとは。

あまりにも意外な取り合わせに、なんだか頭がくらくらする。

「びっくりしました？」

にやにやしながら高橋が聞いてくる。

使用人の態度としては誉められたものじゃないが、白皙《はくせき》の貴公子然とした聡一とガングロの女子高生とではあまりにも対極の存在すぎて、にやにやしたくなる高橋の気持ちがわかるような気がした。

「した。もの凄く……。君に先に聞いておいてよかったよ」

予備知識を得たお蔭で、婚約者の目の前で唖然《あぜん》とするような失礼なヘマをせずにすむ。

ありがとうと礼を言うと、高橋は嬉《うれ》しそうに目を細め、人懐こそうな顔を見せた。

「どういたしまして。お礼を言ってもらえてすっごく嬉しいんで、もうひとつ絶対に知っていたほうがいいポイントを教えて差し上げましょうか？」

「是非、聞かせてくれ」

流生は好奇心からまたしても身を乗り出した。

「実はですね」

「実は？」

「聡一さまの婚約者は、ガングロの女子高生じゃないんです」

「……僕に嘘をついたのか？」

なんて奴だと睨みつけると、高橋は「違いますって」とにやりと口の端を上げた。

「流生さんが勘違いしただけです。そうじゃなくて、実は聡一さまの婚約者は、こんがり日焼けした可愛い男子高生なんですよ」

「——はっ」

高橋の言葉を聞いた途端、流生は思わず鼻で笑ってしまった。

からかおうとしてるのかもしれないが、あまりにも突拍子がなさすぎる。

「あ、信じてませんね？」

「当然だ。聡一さんにそっちの趣味はない」

流生がきっぱり断言すると、高橋はやけに嬉しそうな顔をした。

「流生さんがそう言うからには、やっぱり以前はそうだったんですね。いやもう、個人的にもなんかすっごく安心しました。俺も聡一さまにはそっちの趣味はないと思ってたから、最初にあの子を連れてきたときは、いったいこれはなんの冗談だろうって困惑したもんですよ。なにか企んでるんじゃないかって怪しんで、こっそり観察もしてたし……。でも最近じゃ、あのふたりの仲良しぶりを見てるとなんかもう色々馬鹿らしくなって、思わず目をそらすことのほうが多いぐらいです」

マジでやってられないっすよと、肩を竦めた高橋がいきなり砕けた口調でぼやく。

その仕草は演技にしてはあまりにも自然すぎて、流生の確信がぐらぐら揺らぐ。

「……本当なのか？」

「大恩人の執事夫妻に誓って真実っす」

真顔になった高橋は片手を上げた。

「…………そうか」

驚きすぎて頭が真っ白になってしまった流生は、シートに深くもたれかかった。

「やっぱり驚くっすよね〜。でもまあ、あれっすよ。一瞬で魂持ってかれるような出会いって、実際にあるもんなんすね。ついさっき自分で体験して、なんかすっげー納得しました」

「…………そうか」

意味深な高橋の言葉は、呆然としていた流生の耳をするりと素通りしていく。

(婚約者が男？)

男とは結婚できないんだから、婚約者と言って紹介するには語弊がある。

だが聡一は、恋人ではなく、わざわざ婚約者という言葉を選択して使ったのだ。

それは、その男の子を人生の伴侶にするという確かな意思表示に他ならない。

(本気で人生をかけてもいいぐらいの恋をしてるのか)

その甘々ぶりが馬鹿らしいと周囲に思われるほどに……。

いつも人を見下しているようなスカした表情ばかりを見せていたあの男が、婚約者相手にどんな表情を見せているのか、流生には想像もつかない。

キャパを超えた事態にシートにもたれたままぼうっとしていると、「車、出しますか？」と高橋が聞いてきた。

「あ、いや。お土産を買わないと……。花より団子なんだっけ？　途中でスイーツが買える店に寄ってもらえないかな」

「あ〜、実はですね。今日のお茶会、ほとんどスイーツ関係のバイキングみたいなもんなんですよ。今ごろシェフがフル回転で食べきれないぐらいのありとあらゆるスイーツや軽食を用意してるはずなんで……」

「そうか。困ったな。……その子、えっと……」

「大沢純《おおさわじゅん》さまです」

「純くんか。彼が貰《もら》って喜ぶようなものをなにか知らないか？」

「それ、難しいっすね〜。純さまが喜ばれそうなものは、もうすでに聡一さまがすべてプレゼントした後なんで……」

「ああ、そう」

（なるほど、甘々ね）

あの聡一が、誰かを喜ばせようとして自ら行動するなんて変われば変わるものだ。

「仕方ない。花でも買っていくか。男の子なら、あまり華やかな感じがしないシンプルな花束のほうがいいんだろうな」

「それを直接渡すつもりで？」

「もちろん」

「あ〜、それはちょっと止《や》めたほうがいいかもしれないっすね」

「どうして？」

「目の前で花束なんて手渡したら、間違いなく聡一さまから穴が開くほど超睨《にら》まれまくりっすよ。かなり嫉妬深いっすからね。あの人」

「あの聡一さんが、人並みに嫉妬までするのか」

「そりゃもう……。そうだなぁ。ん～、やっぱケーキ買ってくのが一番かもしれないっすね」

「ケーキは余るほどあるんだろう？」

「人間のはね。でも犬用のケーキは用意してない」

「あの聡一さんが、犬まで飼ってるのか⁉」

愛玩用の動物の存在など一切認めない冷やかな人だったのに……。

「はい。ちなみに、犬も純さまを喜ばせるためのプレゼントっすよ」

「……ああ、そう」

（これも甘々の一環か……）

なんだかもう色々キャパを超えてしまって、思考が働かず力が抜けるばかりだ。

流生がため息をついていると、高橋は携帯を取り出してなにやら操作しはじめる。

「え～っと……。ああ、これがいいかも……」

独り言を言うと、携帯を耳にあてて、なにやら通話しはじめた。

どうやら犬用のケーキを販売しているショップを検索して、今から行くからと予約を入れてくれたようだ。

さらにその後、道路事情で三十分ほど到着が遅れると、屋敷にも連絡を入れてくれた。

「気が利くんだな。助かるよ」

ありがとう、とお礼を言うと、通話を終えた高橋は嬉しそうな笑顔を見せた。

「お安い御用っす。あ、でも、ケーキのお支払いのほうはよろしく」

「もちろんだ。ついでに、君にもチップを払おうか？」

「お礼を言ってもらえただけで充分っすよ。――俺、誉められたり感謝されるのが好きなんすよね」

気に入った相手限定っすけど……と呟《つぶや》いて、高橋が車を発進させる。

当然、この呟きも、キャパ超えで思考能力が衰えていた流生の耳を素通りしていった。


事前情報を仕入れたお蔭で、流生と聡一の婚約者との対面はスムーズに運んだ。

「はじめまして。大沢純です」

緊張気味にぺこっと頭を下げる純は、好奇心が旺盛そうな大きな目が印象的な子だった。

事故にでもあったのか微《かす》かに足を引きずる癖があるようだが、人懐こそうな笑顔が可愛くて、日焼けした肌がとても健康的なごく普通の男の子に見える。

あの聡一が恋に落ちたぐらいだから、さぞかし魅力的な美形なんだろうと予想していただけにこれにはちょっと驚いた。

しかし、それ以上に驚いたのは、純の傍《かたわ》らに立つ聡一の変貌《へんぼう》ぶりだった。

(——誰だ、これ?)

営業用に見せるスカした微笑みは見たことがあるが、今日の聡一はまたひと味違う。

(あの聡一さんが、よりによって優しげに微笑んでる)

しかも、いつもはひんやりとして堅いあの声が、穏やかで優しげなものに変わっている。

中身がそっくり他の人間に入れ替わってるんじゃないのか?

(……ありえない)

背中にファスナーがついてたりして……などと、馬鹿なことを考えてしまいそうなぐらいに、流生は戸惑っていた。

そんな主の変貌ぶりに影響を受けたのか、屋敷の使用人達の雰囲気まで前とは違っている。

ガーデンパーティーとしゃれ込んで庭にセッティングされた、使用人用の複数の丸テーブルには、以前訪れたときに比べると随分と増えた若い使用人達が集《つど》っていた。

せっせとスイーツのご相伴にあずかっている者、古参の使用人達にとっ捕まって長話につき合わされている者、庭に放された三匹の犬達にボールを投げて遊んでいる者と様々だが、その表情はみな明るく、とても楽しそうだ。

(この屋敷、前はこんなんじゃなかったよなぁ)

もちろん、影ではこんなん風に笑っていただろうが、聡一の目が届く範囲では誰もがロボットのように無表情でキビキビと真面目に働いていた。

以前の聡一が、こんな風に使用人達と同席することを好まなかったせいだ。

基本的に他人に興味を示さず、シビアでクールで排他的。

まるで感情を持たない機械のように振る舞い、他人の感情を思いやることもなく、自分にとって都合良く動く駒《こま》のように扱っていたのだから……。

でも、どうやら今は違うようだ。

この場の雰囲気が、明るく和やかになるようにと彼なりに気遣っているのがわかる。

その傍らに座っている男の子が、リラックスして楽しめるようにと……。

(……平和だ)

純に請われるまま、当たり障りのない聡一との昔話を話しながら流生はそう感じていた。

聡一に屋敷に来いと命令されたときには、ここでこんな平和な時間を過ごせることになろうとは思ってもみなかった。

婚約を知ったときの、あの嫉妬じみた感情がまたぶり返すんじゃないかと密かに不安だったのだが、仲良さげに微笑み合うふたりを見ても幸いなことにムカムカはまったく感じない。

それどころか、むしろいつもより冷静なぐらいで、胸の中はシンと静まりかえっている。

(変われば変わるもんだ)

聡一も、そして屋敷の雰囲気も……。

この和やかな空間の中、意識して微笑みを浮かべているのはきっと自分だけ。

自分ひとりが和の中に入れず、ぽつんと取り残されているような感じがする。

まるで以前とは別人のように幸せそうな微笑みを浮かべている聡一を眺めながら、流生はなんだか妙に寂しい気分を味わっていた。


なんだかんだで引き止められ、ディナーまでご馳走《ちそう》になった帰り際。

婚約者と使用人達をなぜか下がらせ、ひとり玄関ホールまで見送りに出てきた聡一が唐突に口を開いた。

「せっかくの休日をこっちの都合で潰《つぶ》して悪かったな」

親友のふりを演じてやったことに対する礼を兼ねているのだろうが、聡一からはじめて気遣いらしきものを向けられた流生は、その不気味さに思わず笑顔をひきつらせた。

「お気になさらず。お陰様で楽しい時間を過ごさせていただきましたから」

「そういうな。おまえに借りを作るのは気に入らないから特別に土産《みやげ》をやる」

「土産……ですか？」

「ああ。おまえのマンション、確か駐車場がついていたな？」

「ええ、まあ。免許を持ってないので使ってませんけどね」

「ちょうどいい。車を一台くれてやる。それも運転手付きだ」

「……運転手付き？」

「アレだ」

耳を疑い立ちすくむ流生を追い抜いた聡一は、玄関の扉を自ら開いた。

扉の向こうには来るときに乗ってきた外車が停まっていて、その前に妙にすました顔で高橋が立っている。

「いや、あの……うちはそんな広くないですし、使用人を雇う予定はないんですが」

「雇えとは言ってない。私の使用人を貸してやるだけだ。縁を切ったはずの相手からしつこくつきまとわれて困ってるんだろう？　運転手兼ボディガードとして連れて行け」

「ボディガードって……」

（もしかして、僕を心配してくれてる？）

電話口で、人違いをした際のやり取りを気に止めてくれていたのかもしれないが、流生としては嬉しいとか感激するとかより先に、聡一らしからぬ気遣いに驚くばかりだ。

「アレは、ああ見えて、運転手だけじゃなく掃除洗濯料理に庭師の真似事や屋敷の修繕まで、なんでもひとりで器用にこなせる奴だ。家の古参の使用人達に仕込まれたから腕は確かだぞ。

嫁でも貰ったつもりで、身の回りの世話でもさせればいい」

「嫁って……。彼は男ですよ？」

自分自身が男の子と将来を約束した仲になったからといって、世間一般の常識まで歪《ゆが》めてもらっては困る。

それにそもそも、身の回りの世話をさせるために嫁を貰うだなんていう、前時代的で失礼な発想は流生にはない。

「お気遣いはありがたいのですが、車もボディガードもいりません。管理するのが面倒だし、家の中に他人がいてはゆっくり休めませんからね」

お気持ちだけありがたくいただいておきますと愛想笑いをしてみたのだが、婚約者が側にいないせいか、聡一はにこりともしてくれない。

「拒絶は認めない。これは決定事項だ。トラブルが解決するまでアレを側に置いておけ」

まさか、嫌とは言わないな？　と、聡一が高圧的な口調で言う。

（……うっ）

叔父にならいくらでも反抗できるが、聡一に対してはどうしても反抗しきれない。

幼い日のヒヨコのごとき刷り込みが、困ったことにいまだに有効らしい。

「いえ、あの……。でも、ほら、彼の意志は？」

賑やかで楽しげなこの職場から離れたがらないんじゃないかと、一縷《いちる》の望みをかけて高橋に視線を向けたのだが、高橋は「喜んでご一緒します！」とにこにこしている。

「だそうだ。遠慮せずに持っていけ」

「持ち運ぶには、少々重すぎるような気がしますけど……」

なけなしの反抗心から口答えしてみたものの、これには高橋が「持たなくていいですよ。自分で歩けますから」と明るく答える。

「決まりだな」

どんっと、聡一が背中を押した。

つんのめるようにして外に押し出された流生の背後で、別れの挨拶もないままに大きな扉がしまる。

「――では、一緒に帰りましょうか？」

にこにこと妙に楽しげな高橋に促され、流生はがっくりと肩を落とした。


「荷造りもすんでたってことは、君はこの件を最初から知ってたってことか？」

マンションの駐車場に車を停めエレベーターに向かう途中、がらがらと大きなスーツケースを引っ張って歩く高橋を見上げながら流生が話しかけた。

「いえ、全然。聡一さまに荷造りをしろって命令されたのはついさっき、夕食の前っすよ。

なんか最近、頼んでもないのに上等なスーツを何着か仕立ててもらったし、屋敷の使用人も増えてきたんで、そろそろ危ないかなぁとは思ってたんすけどね」

「危ないって？」

「俺、純さまとけっこう仲いいんで、聡一さまには煙たがられてんです」

「……煙たがられなきゃならないような真似をしたのか？」

流生の質問に、高橋は「してないっす」と肩を竦めた。

「聡一さまのご命令通りに純さまの運転手を務め、聡一さまのご命令通りに聡一さまがお仕事でいらっしゃらない間の話し相手を務めてさせていただいただけっすよ。でも、それが気に入らないみたいでして」

「聡一さん、心狭いなぁ」

「この件に関しちゃ、あり得ないぐらい狭いっすね。砂粒程度」

気楽そうに笑う高橋に、流生は苦笑した。

エレベーターを八階で降り、部屋に向かう。

「じゃあ、君にとっては、とんだ災難だったんだな」

「いえいえ、逆っすよ。むしろ、渡りに船」

高橋は流生を見つめて、思いっきり目を細める。

（なるほど。婚約者の件で煙たがられて、聡一さんに嫌がらせでもされてたのか）

それで逃げだしたいと思ってたところに、出向を命じられたのかもしれない。

ひとりでそう納得した流生は、高橋を見上げた。

「それで、いつまでこっちにいろと言われたんだ？」

「期間は言われてないっす。ただ、電話絡みのトラブルとやらを解決して、流生さんの意味深なため息が止まるまでは決して戻ってくるなと……。いついかなるときでも、あなたの側を離れるなと言われてます」

「ああ、そう」

随分と曖昧な話だと思いつつ、玄関ドアの鍵を開け高橋を家の中に招き入れる。

リビングに通された高橋は、興味津々の体《てい》できょろきょろと部屋の中を見渡した。

「お洒落《しゃれ》な部屋っすねぇ」

自分であれこれ考えるのが面倒だったから、仕事関係の知人であるインテリアコーディネーターにすべて任せてしつらえてもらった部屋だった。

スタイリッシュな家具類と計算され尽くした照明効果で飾られたこの部屋は、このままドラマの撮影に使えそうなぐらいに綺麗に整えられている。

「でも、生活感がない」

「だろうな。ここには寝に帰ってきてるだけだし……。使ってない部屋が幾つかあるから、君はそこを使うといい」

こっち、と案内したのは、家具ひとつ置いていないガランとした広い空き部屋だ。

他人を泊めるようなことはないだろうと思っていたから、客室の準備をしていなかったのが悔やまれた。

「ベッドは明日にでも買いに行こう。悪いが、今日はリビングのソファで寝てくれないか？」

「ベッドなんて、わざわざ買わなくてもいいっすよ」

「ずっとソファで寝るつもりか？　それでは身体《からだ》に悪いだろう」

「いや、そうじゃなくて……。聡一さまから流生さんの側を常に離れるなと言われてるんで、流生さんと同じ部屋に泊まらせてもらいますから」

「そこまでする必要はないよ。聡一さんには僕からうまく言っておくから、君は休暇のつもりでのんびり過ごすといい」

「いえいえ、そういうわけにはいきませんって」

高橋はの〜んびりと顔の前で手を振った。

「俺の雇用主は聡一さまですからね。そっちの命令に従います」

部屋の中にスーツケースを置くと、高橋は廊下を先に進んで行き、「寝室はここっすか？」と勝手に主寝室のドアを開けた。

「ベッドはセミダブルか。寝相さえよければふたりで寝られるっすね」

「…………嫌な冗談だな」

「あ、駄目っすか？」

「当然だ。ソファで寝ろ」

譲歩する余地はないとわからせるために、流生はくっと顎を上げ切れ長の目を細めて、あえて高圧的な口調で命令した。

高橋は、そんな流生を見て、なぜか目を細める。

「わかったか？」

流生が再び高圧的な口調で問いかけると、「了解っす」と目を細めたまま頷いた。

「よし。ああ、それと、その『っす』って口調は止めてくれないか？　耳について仕方ない」

いわゆるヤンキー言葉とでもいうのだろうか？

流生の生活圏にはなかった言葉だけに、どうにも聞いてて違和感がある。

「これでも一応、最上級の敬意を示してるつもりなんすけどね。お上品な言葉より、こっちのほうが俺的に気持ちこもってるし」

「気持ちだけでけっこう。その口調でずっと話されるぐらいなら、ため口で話されたほうがまだマシだ」

高橋は、仕方ないなと言わんばかりに肩を竦め、「了解」と頷いた。

「じゃ、とりあえず。なにか俺にして欲しいことないか？」

「え？」

急なため口にうっかり驚き、つい厳しい表情を崩してしまった流生を見て、高橋はその唇の端に男っぽい笑みを浮かべる。

「だからさ、あんたのためになにかできることはないかって聞いてんだよ。そのために俺はここにいるんだから」

「だ……」

だから仕事はしなくていいと言ってるだろう、と言いかけて流生は口を閉ざした。

(言っても無駄か)

それを言ったら、また聡一の名前を出されてこっちの命令は聞かないと言われるだけだ。

堂々めぐりになるだけで、意味がない。

「こんな時間だし、今日はもうない」

流生はわざとらしいため息混じりにそう答えた。


(……ああ、もう。眠れない)

いつもはベッドに入って目を閉じると、数分で眠りにつけるのに……。

苛々《いらいら》して寝返りを打ち、深々とため息をつく。

眠れない原因は、もちろん高橋だ。

今日は色々あってなんだか疲れたからさっさと寝てしまおうと、風呂に入って寝室に戻ったら、ひとりでいったいどうやって運んだものか、リビングにあったはずの大きなソファが流生の寝室へと移動されていた。

どういうことだと高橋に文句を言うと、ソファで寝ろと言われたから、仕方なく自力でここまで運んで来たんだと口答えされて威張られた。

ソファを元に戻してリビングで寝ろと命令してみたが、やっぱり聡一の名前を出されて拒否された。

流生の力では大きなソファをひとりで運べるわけもなく、かといってソファの上で毛布にくるまって勝手に寝てしまった自分より大きな男を寝室から放り出す力もない。

仕方なく、今晩は一緒の部屋で寝ることになったのだが……。

(ああ、もう。気になって眠れない)

母親から引き離された後、流生はずっとひとり誰もいない部屋で眠ってきた。

そのせいで、同じ部屋に誰かが寝ているというこのシチュエーションに慣れていない。

少し離れたところで眠っている人の気配が気になって仕方がないのだ。

自然に耳に入ってしまう寝息を聞くともなく聞いていると、知らず知らずのうちに自分も同じリズムで呼吸を刻んでしまって息苦しくなる。

高橋が寝返りを打つ度にきしむソファの音にも、身体がいちいち敏感に反応してビクッとしてしまう。

（今日だけだ。明日になったら聡一さんに電話して、絶対こいつを返品してやる）

何度も寝返りを打ち、ため息をつきながら、流生はそう決心していた。

2

「なあ、そろそろ起きないとやばくない？」

そうっと囁く声が耳元をくすぐる。

その声で目覚めた流生は、慣れない刺激にぞわあっと肌を粟立《あわだ》てた。

「な…………うっわ！」

目を開けた途端、至近距離にある他人の顔に驚いて飛び起きる。

半ば寝ぼけたまま、声の主から少しでも遠ざかるべく、ベッドの上を壁際まで思いっきり下がった。

「ちょっ……なんだよ、その反応……。——大丈夫か？」

傷ついたような、それでいて心配そうな高橋の声に、流生は、はたと正気に戻った。

「君か……。悪い。人を泊めることなんて滅多にないもんだから……」

というか、ぶっちゃけ誰も泊めたことなどないし、電話以外の方法で他人から起こされたこともない。

無防備な寝顔を見られてしまったことがなんだかむしょうに気恥ずかしくなった流生は、高橋からすいっと目をそらし、ふと視界に入った目覚まし時計の数字に目を疑った。

「……もうこんな時間なのか……。ああ、遅刻だ」

昨夜、なかなか寝つけなかったこともあって、目覚まし時計を無意識のうちに止めてしまったようだ。

いつも起きる時間を軽く一時間は過ぎている。

（こいつのせいだ）

八つ当たりのつもりでじろっと横目で睨んでみたが、高橋には通じず、逆に気楽そうな笑みが返ってきた。

「社長さんなんだし、少しぐらい遅れても平気だろ？」

「そういうわけにはいかない。月曜は朝一番にミーティングもあるし……」

だが、今から慌てて会社に行ったとしても、もう間に合わない。

諦《あきら》めた流生は、今日は遅れる旨《むね》を部下の携帯にメールして知らせた。

「で、流生さん、今日の予定は？」

「軽くシャワーを浴びたら出勤する。普段はタクシーで行くんだが……。運転手、頼めるか？」

「もちろん。シャワー浴びてる間に朝食の支度もしとくから、と言いたいとこなんだけどさ。この家、食料をどこに隠してるんだ？　冷蔵庫には水と酒しか入ってなかったぞ」

「災害時の非常用食料なら、玄関脇の棚に収納してある」

「朝から乾パンなんか食えるのかよ？」

「まさか。朝はいつも食べないし、家で食事する習慣もない。――食いたかったら、君ひとりで乾パンをどうぞ」

顎を上げた流生は、ふふんと超高慢そうな笑顔をその顔に浮かべた。

「……あんた、けっこう意地悪いんだな」

高橋はちょっと情けない顔で肩を竦めていた。


その情けない顔がなかなか脳裏から離れない。

（なんか、いじめっ子になった気分だな）

流生は後味の悪さにため息をつく。

寝坊した原因が高橋にあったとはいえ、その苛々を解消するために八つ当たりするだなんて大人げなかったかもしれない。

そもそも彼は、聡一に命じられて仕事として流生の側にいるのだ。

自らの職務を忠実に実行しているだけなのに、それで八つ当たりされてはたまったものではないだろう。

（やっぱり、朝食抜きはちょっと可哀想か……）

鷹取家のあの屋敷で働いていたのなら、食事の面で不自由したことはなかっただろう。

すぐに追い返すつもりとはいえ、高橋は聡一からの預かりものみたいなものだし、それなりの待遇をしておかないと後が怖いような気もする。

「僕を会社の前で降ろした後、君はどこかで朝食を摂《と》ってくるといい」

会社に向かう車の中、高橋に気を遣ってみたが、この申し出は即座に拒否された。

「止めとくよ。聡一さまからは、いついかなるときも流生さんから目を放すなって言われてるしさ」

聡一の名前を出されてしまっては、もうこれ以上勧めることはできない。

だったら勝手に飢えてろと、会社の駐車場に車を停め、一緒に目的地のオフィスビルへと向かった。

「なんだよ。持ちビルじゃないのか」

十五階建てビルを見上げて、高橋が不思議そうに言った。

「聡一さんクラスと一緒にしないでくれ。僕のところは規模がさほど大きくない、少数精鋭のまだまだ若い会社なんだ」

このビルの八階に流生のイベント企画会社、【freestyle】フリースタイルはある。

エレベーターを降りてすぐガラス製の自動ドアがあり、オフィス内の様子が一望できる。

来客用の応接スペース以外に仕切りがないフロアは、あちこちに明るい色合いの観葉植物やオブジェが飾ってあって明るく開放的な雰囲気だ。

「へえ、ここはいい感じだな。あのお洒落すぎるリビングより、ずっと居心地がよさそうだ」

「ありがとう」

その誉め言葉が嬉しくて、流生は唇に軽い笑みを浮かべた。

本職のコーディネーターにインテリアを依頼したマンションとは違って、社内のレイアウトは流生自身が手がけた。

フリースタイルの正社員数は流生を含めて二十五人で、聡一に押しつけられたブレインの三人を除いた他の社員は、流生が自ら面接して決めた。

採用基準は学歴や能力よりも、やる気とその性格の前向きさを優先した。

その甲斐《かい》あって、社内はいつも明るくて賑やかだ。

「あ、社長、おはようございます！」

流生がフロアに足を踏み入れると、気づいた社員達の声があちこちから聞こえてくる。

「おはよう」

「遅刻なんて珍しいですね。お身体の具合でも？」

「いや、大丈夫だ。ミーティングに出られなくて悪かったな」

「ホントですよー。昨日の婚活イベント、すっごい大盛況だったんです。一刻も早く社長に報告したくて徹夜でレポート作ったんですからね」

「わかった。一番に目を通すよ」

声をかけてくれる社員達にいちいち返事をしながらフロアを突っ切って、一番奥の自分のデスクに座ると、後をついてきた高橋がやっぱり不思議そうにあたりを見渡した。

「社長室は？」

「ない。そういうの、好きじゃないんだ」

わざわざ壁で区切って、自分をひとりきりの空間に押し込めたくはない。

気の合う部下達と気楽に声をかけ合い、すぐに相談できる距離を保っていたい。

（そのほうが楽しいしな）

流生にとってここは、職場というより自分の楽しみのための場所、遊び場のようなものだ。

天野家に引き取られて以来、ずっと感じ続けていた孤独。

家でもひとり、学校ではいじめっ子に追いかけ回され、救い主だと思って慕った相手はひんやりとクールで友達になれるような性格じゃない。

自分の立場ではそれも仕方ないかと諦め、ずっと孤独を享受し続けてきたが、降ってわいた臨時の社長業で賑やかな楽しい時間を経験したことで、和やかな対人関係に飢えを感じるようになってしまった。

それで自分で起業することを思いついたのだ。

会社という組織の中に自分を組み込むことで、必然的に誰かに必要とされる。

みんなと一緒に仕事をしている間は、一時的にせよ孤独を感じずにすむだろうと……。

だからこそ、社員達は能力よりも性格で選んだし、取引先や下請け会社も社長や営業の人間性で選ぶようにしている。

そんな風にして選んだ気性の明るい社員達が、ちょっと変わった婚活イベントやマニアックな趣味を持つ人達限定の観光イベントなど、人数限定の多少無茶と思えるようなユニークな企画を発案しても、彼らのやる気を削《そ》がないように条件付きでＯＫを出している。

なんだかんだでそんな企画があたり、話題となってマスコミなどに取り上げられ、その結果、フリースタイルのネームバリューが上がったのだから結果オーライだ。

もっとも、そちらの利益は微々たるもので、会社としての利益のほとんどは大企業相手のイベント企画や運営だ。

こちらの仕事にもっと営業力を振り分ければ、さらに利益が上がるのは確実だが、流生にはそれをするつもりはない。

真面目な仕事ばかりしていたら、必然的に社員達も生真面目になって、社内の雰囲気も今とは変わってしまうだろう。

それでは流生がつまらない。

利益よりは自分の楽しさ優先。

順調に業績は上がっているのだし、社員達の遊び心は大事にしていきたい。

そのほうが社員達だって働きがいがあるだろうし、流生にとっての楽しみにも繋《つな》がるのだから一石二鳥だろう。

「この通り、ここはオープンな空間だから、逆に部外者は奥までは入ってきにくい造りになってる。ここにいる限り僕は安全だから、君は食事に行っていいぞ」

デスクの脇に立つ高橋を再び促してみたが、

「一食や二食抜いたって死なないから大丈夫だ。心配してくれてありがとうな」と高橋は頷かない。

心配してるわけじゃなく、すぐ側に立っていられるのが鬱陶しいだけだった流生は、仕事熱心な高橋にがっくり肩を落とし、わざとらしくため息をついてみた。

だが、こちらへと三人の男達が歩み寄ってくるのに気づき、慌てて表情を引き締める。

「おはよう」

「おはようございます。社長」

声を揃《そろ》えて流生に朝の挨拶をした男達は、その後、高橋に話しかけた。

「えっと、君がオータくんか？」

「五百川《いおがわ》さん、太田くんじゃないです。高橋くんですよ」

「違いますよ、江藤《えとう》さん。そうじゃなくて、彼は高橋王太《おうた》くんです」

掛け合い漫才のような三人の台詞に、高橋はふっと目元を緩めた。

「高橋王太です。しばらくこちらにお世話になりますので、よろしくお願いします」

「うん、こちらこそよろしく」

キビキビした動作でお辞儀する高橋を、五百川がまるで息子を見るような温かい目で見る。

「うちの社長のボディガードをするって聞いたけど、君、武術とかはやってるの？」

「いえ……。でも大丈夫ですよ。やんちゃ時代に場数はこなしてきましたから」

ストリートファイトかい？　と拳《こぶし》をつくって目尻に皺《しわ》を寄せて楽しげに笑うのは江藤だ。

「悪いけど、今日はこの椅子使ってくれるかな？　明日までに君のデスク用意しておくから」

応接室の椅子を自ら運んできて、流生の机のすぐ脇に置いたのは、他のふたりに比べるとぐっと年若い三十代後半の十和田《とわだ》。

この三人は、若い社員達から陰で『三賢者』だの『FSの三悪人』だのと呼ばれて、一目置かれる存在だった。

流生とは、臨時の社長業をしたときからのつき合いで、フリースタイルを立ち上げる際に聡一から貸し出されたブレイン達でもある。

やる気はあっても世間知らずで無鉄砲な社員が多い若い会社だけに、様々な資格を有し法の抜け道にも詳しく世慣れた三人の存在はとても貴重で、会社を軌道に乗せる際の大きな手助けにもなった。

起業資金を聡一に返却する際、流生は惜しいと思いつつ彼らも同時に聡一に返そうとしたのだが、それは本人達から拒否された。

自分達は鷹取家方面に恩があるから鷹取家の再興に協力してきたが、聡一本人には恩義も忠誠心も感じていない。鷹取家の再興も成ったことだし、今後はこのままここで働きたいのだが……と。

それ以来、彼らは、ともすると暴走しがちな流生や若い社員達にブレーキをかけたり、ちょっと厄介な客先の応対やクレーム処理をこなしたりと、この会社になくてはならない重要な存在になっている。

「彼のことを誰に聞いたんですか？」

会社に同行者を連れて行くなどと連絡した覚えのない流生が聞くと、三人は声を揃えて「鷹取家方面から」と答えた。

「聡一さんから連絡が？」

「あの人からは、朝一番で社長への伝言を承りましたよ」

「なんて？」

「返品不可。電話なんかで無駄な時間を使うな、だそうです」

（……ああ、もう。全部お見通しか）

朝一番で、高橋を返却する旨を聡一に電話するつもりだったのに先手を打たれてしまった。

「ですが、私に彼のことを詳しく知らせてくれたのは、鷹取家の執事さんですよ。見た目は少々派手で生意気そうに見えるかもしれないが、中身はとても良い子だから温かく迎えてやって欲しいと」

悔しがる流生に五百川が言った。

「僕のほうには、その奥さんから連絡が来ました」

生意気言うようだったらガツンと叱ってやってくれ、と言われたと江藤が笑う。

「俺には祖父から……。少しぐらい厳しくしてもめげないから、余計な気を遣わなくていいぞって」

「祖父？」

「うちの祖父、鷹取のお屋敷で庭師をやってるんです。――高橋くんは知ってるよね？」

「はい、もちろんです。庭師の爺《じい》さんのお孫さんでしたか……。そういえば、その鼻の形そっくりですね」

ぷっと高橋が笑うと、「言うなよ、気にしてるんだから」と鷲鼻《わしばな》の十和田が苦笑する。

「向こうの屋敷、また人が増えたんだって？　みんなどんな様子だい？」

そんな五百川の質問をきっかけに、四人は鷹取家の古参の使用人達の話に花を咲かせはじめた。

（こっちも先手を打たれたか……）

和気あいあいと高橋と会話しているこの三人、本来はこんなに人懐こいタイプじゃない。自分達がしっかりしないとこの会社は駄目だと自覚しているからか、常に眉間《みけん》に皺を寄せ、社員達にも厳しく目を光らせているのだ。

だからこそ流生は、万が一高橋を返却することを聡一に拒絶されたら、この三人に頼んでなんとかして高橋を追い出してもらおうと思っていたのだが……。

（この様子じゃ、それも駄目そうだな）

鷹取家方面に恩がある、だなんて奇妙な言い回しだとは思っていたが、まさか屋敷の使用人達のほうの関係者だとは思ってもみなかった。

元々は鷹取家が所有しているどこかの会社の社員達で、聡一に命じられて鷹取家の再興に協力していたのだろうと思い込んでいたのだが。

（そういえば、聡一さんとはどういう関係かって一度も聞いたことがなかったっけ）

どういう経緯で三人が聡一の影の仕事を手伝うことになったのか。そして、どうしてこの会社に残ってくれる気になったのかも……。

三人がこのまま会社に残りたいと言ってくれたことに安堵《あんど》して、それ以上の事情を知るのはずっと避けていた。

（変につついて、やっぱり辞めるって言われるのも困るし……）

やぶ蛇《へび》はごめんだ。

せっかく居心地のいい環境を手に入れたのだから、変に刺激したくない。

だから今、こうして話題に混ざっていけないのも自業自得なのだが、自分にはわからない話題で和気あいあいと話を続ける四人を眺めているのは正直面白くなかったりもする。

徐々に疎外感を感じはじめた流生は、やっぱりわざとらしくため息をついてみた。

その後、高橋は、じっとしているより身体を動かしていたほうが楽だからと細々《こまごま》と社員達の仕事を手伝いはじめた。

もちろん、流生の姿が確認できる場所限定でだ。

普段はバイトの子達に頼んでいるような書類の整理やシュレッダーかけ、観葉植物の葉の手入れや切れかかった蛍光灯も変えたりと、嫌な顔ひとつせず身軽に雑用を引き受ける高橋に、社員達はあっという間に友好的な視線を向けるようになる。

雑誌の取材や取引先にもついてきて、その如才なさで先方にあっさり気に入られ、退社時間を迎える頃には、社内で高橋を煙たがっているのは流生ひとりという有様《ありさま》だ。

流生としては、自分にとって居心地良く作りあげてきたはずの職場が、高橋ひとりのせいで変質してしまったような気がして面白くない。

帰りの車の中で憮然《ぶぜん》としていると、運転席の高橋からルームミラー越しに話しかけられた。

「ご機嫌ななめだな。どうした？」

「別に」

流生はぷいっと窓の外に視線を逃がした。

「俺が社内で勝手に働いたのが気に入らなかったのか？」

「働いた……か。僕は君にバイト代を払わなきゃならないのかな」

嫌味っぽい口調で言うと、「いらねぇよ」と高橋が苦笑する。

「暇潰しさせてもらったようなもんだし……。あんたの会社の社員、明るくて人懐こい奴ばっかりだよな」

お蔭でけっこう楽しく過ごせたと呟く高橋に、当然だと流生は高慢そうに威張る。

子供の頃のことで少しばかり人間不信の気《け》がある流生は、高橋のようになんの苦もなく人の輪の中にうまく入っていくことがどうしてもできない。

だからこそ、居心地のいい環境を自分の周りに作ろうとずっと努力してきたのだ。

「君はいつも和気あいあいと賑やかな環境で育ったんだろうな。孤独を感じたことなんてないんだろう？」

高橋の物怖《ものお》じしないところや他人に受け入れられるコツを心得た振る舞いから、流生はそう判断した。

高橋は「半分、あたりかな」と肩を竦める。

「俺は施設育ちだから、似たような境遇の奴らとずっと一緒の部屋に放り込まれてたし、鷹取家も最近は大所帯だしな。……まあ、いつも賑やかな場所にはいたよ」

（あ……）

自分の迂闊《うかつ》さに、流生は思わず唇を噛《か》んだ。

慈善事業に積極的な鷹取家の執事夫婦を恩人だと言っていたのだから、高橋が普通の家庭育ちではないのは、ちょっと考えてみれば明らかなことだ。

なんの肩書きも持たないのに苦労なくあっさり人の輪の中に入っていける高橋が羨《うらや》ましくて、ついつい当てこすりっぽい言い方をしてしまったが……。

（今の発言、最低だ）

ここは潔く謝ったほうがいいかもしれないと思ってふと前を見ると、車のルームミラー越しに高橋と目が合った。

「気の合わない身内といるより、気の合う他人と一緒のほうが幸せなことだってあるさ」

ま、気にすんな、とミラー越しに微笑みかけられる。

気遣われたのだと悟った流生は、なんだか気恥ずかしくなってぷいっと視線をそらした。

（ああ、もう。調子狂う）

年下の高橋が特に変わった様子もなく落ち着いているというのに、こっちは僻《ひが》んでみたり狼狽《うろた》えたりと情けないことこの上ない。

それなのに、こちらの感情を乱す原因を作った高橋本人に対しては、不思議と悪感情を抱けずにいる。

というよりむしろ、普段はやらないような失言をしてしまうあたり、いつの間にか緊張感が緩み気を許してしまっている証拠のようにも思えた。

（ふてぶてしくて、態度が気安いから？）

知らぬ間に、するりと懐《ふところ》に入られてしまったような感じだ。

昨夜から今朝にかけては、すぐ側に他人がいることに慣れず、なにげに緊張していたはずなのに、退社時間を迎える頃には高橋が側にいるのが当然になってしまっていた。

今日の業務は終わったからもう家に帰るぞ、と自分から声をかけてしまうほどに……。

（こういうの、あんまり慣れたくないけどな）

他人の存在に慣れてしまうと、その後に孤独な生活に戻るのがけっこう辛い。

臨時の社長業を唐突に取り上げられたときもそうだった。

仕事をなくしたことより、それまで毎日顔を合わせていた社員やバイト達との縁が切れてしまったことのほうがずっと寂しくて辛かった。

その寂しさがどうしても我慢できずに、自分で会社を作ろうかと思い詰めるほどに……。

このまま高橋の存在に慣れてしまったら、いずれ彼が鷹取家の屋敷に戻って行った後、自分はまた我慢できなくなってその代わりを捜すようになるのだろうか？

（……なんか虚しい）

憂鬱になった流生は、その後は高橋と口を利くこともなくマンションへ帰った。

いつものように鍵を開け無言のまま部屋に入ると、やっぱりいつもの平日の夜と同じようにに電話がなる。

（今日はさすがに出ないわけにはいかないか）

留守電に吹き込まれる叔父の声を高橋に聞かれると厄介なことになりそうだ。

「——っと、ストップ」

仕方なく手近な子機に手を伸ばそうとした流生の手を、高橋が摑《つか》んで止めた。

「俺がこれの対処のためにここに寄こされたんだってこと忘れてないよな？　俺にあんたを守らせてくれよ」

いや、僕は頼んでないから、と口答えする前に、高橋が空いているほうの手で子機を奪い取ってしまった。

「ちょっ！　返せっ」

「いいからいいから。——はい、天野です」

流生を片手であしらいつつ高橋が電話口でそう告げると、『誰だ、きさま!?』と高圧的な叔父の声が子機から漏れ聞こえてくる。

『流生はどうした？』

「私はこの度新しく雇われた使用人で、高橋と申します。天野は少々席を外しておりまして……。ご用件がおありならばお伝えします。お名前をお伺いしてもよろしいですか？」

『伝言など必要ない！　電話があったことだけ伝えておけ！』

そんな怒鳴り声の後、プツッと唐突に通話は切れた。

「なんだこいつ。随分な礼儀知らずだな。──流生さん、これ、誰？」

あきれ顔の高橋に、流生は「叔父」と憮然として答えた。

「え、親戚？　しつこい電話で悩んでるようだって聞いたから、てっきり痴情のもつれかなんかだと思ったのに……」

「失礼だな。君は僕をどういう人間だと思ってるんだ？」

もつれるような痴情など一切ない流生は、思いっきり高橋を睨みつける。

「あ、いや、侮辱するつもりはないんだけどさ。流生さん、美形だし、その手のトラブルが多そうだって思っただけで……」

「先入観が強すぎる」

「悪い。──つまり、この叔父さんからの電話に悩まされてるってことか。毎日かかってくるのか？」

「ああ。いつも帰宅すると同時に」

「嫌な感じだなぁ。で、トラブルの内容は？」

「他人に話すようなことじゃない」

「いや、話してもらわないと解決できねぇし」

「解決してくれと頼んだ覚えはない」

流生はきっぱりと高橋の申し出を拒絶した。

元々、聡一から勝手に高橋を押しつけられただけで、流生としては自分が直面していることのトラブルのことを誰にも相談するつもりなどなかったのだ。

「そんなことより、さっさと普段着に着替えてこい。外に夕食を食べに行こう」

この話はもう終わりだと言わんばかりに、流生はわざとらしく会話を打ち切った。


マンション近くの徒歩で通える範囲にお気に入りのレストランが数軒あって、接待のない日には順番にその店を回って夕食を摂るようにしている。

いつものようにエントランスを抜け歩道に出ようとしたところで、「ちょっと待った」とラフなジーンズ姿で後ろからついてきていた高橋に腕を摑まれて止められた。

「なんだ?」

「外食より、家メシにしよう」

「デリバリーでも頼むつもりか?」

「そうじゃない。明日の朝食のこともあるし、食材を色々買ってきて家で料理して作りたてを食べようって言ってんの」

「家で料理なんて時間の無駄だ。プロに任せたほうが効率的」

「頭ごなしに否定するなよ。こう見えて俺、プロ並に料理うまいんだからさ」

行こう、と摑まれた腕を引っ張られ、流生は車の後部座席に押し込まれた。

「実際、あんたのその腕の細さは異常だって」

運転席に乗り込んだ高橋が、流生の腕を摑んでいた手を眺めながら呟く。

「君はいちいち物言いが失礼だな。単に太らない体質なんだ。異常者扱いするな」

「違うだろ。あんたのは太らない体質なんじゃなくて、摂取カロリーが極端に足りてないだけだ。昼だってろくに食ってなかったし……。肌や唇だって、ちょっと荒れてるぞ」

振り向いた高橋が大きく手を伸ばして、その指先で流生の頰《ほお》に触れてくる。

「よ、余計なお世話だ」

流生はびっくりして身を引いた。

「そう冷たいこと言わずに、頼むから俺にあんたの世話をさせてくれよ。明日からは朝食もしっかり食べさせてやるからさ」

「ありがた迷惑な話だな。どうしても食材の買い出しに行きたいんなら君ひとりで行け。僕は部屋に戻る」

「それは駄目」

高橋は苦笑しつつ、流生が降りる前にと車を急発進させてしまった。

「流生さんをひとりにしとくわけにいかないからさ。——なんせ、ほら。聡一さまのご命令だし～」

聡一の名前を出されてしまうと、流生にはもう反論できない。

むすっとして黙り込むと、高橋が微かに笑う気配がした。

「なにを笑ってる？」

「いや、流生さんってさ、聡一さまに極端に弱いよな。俺を押しつけられたときも、ろくに反論できずにいたし。——もしかして、弱みでも握られてる？」

「別に……。なんとなく、頭が上がらないだけだ」

自分が極端に聡一に弱いってことは流生だってちゃんと自覚している。

幼い頃からのあれやこれやで借りがあるのは事実だが、それ以前に、聡一のあのひんやりとした声を聞くと条件反射的に背筋が伸びて、ついつい素直に言うことに従ってしまうのだ。

(これも刷り込みの結果か)

幼かったあの日、助けてもらったと素直に感謝した己の単純さが恨めしかった。

高橋は食材の買い出しの前にと、キッチンツールの売り場に向かった。

今朝、流生が目覚める前にしっかりキッチンの装備を確認したのだろう。食器類だけはインテリアコーディネーターが一揃え用意してくれたが、鍋やフライパンなどの基本的なツールがないことを知っていたようだ。

「そんなの買われても迷惑だ」

高橋が鷹取家の屋敷に戻ったら、それらは無用の長物になる。

流生が支払いを拒絶すると、「そんなこともあろうかと」と、高橋がポケットからピッと一枚のカードを取り出した。

「聡一さまから預かってきた」

流生の面倒を見るために必要なものがあったら使えと、聡一に渡されたのだとか……。

「……これも、お見通しか」

こんなつまらないことで聡一への借りを増やすのは嫌だ。

そう流生が考えるだろうとわかっていて、きっとこのカードを預けたに違いない。

流生は渋々自分のカードを出した。

「大丈夫。損はさせないからさ。俺の料理の腕は、鷹取家の料理長直伝だ」

楽しみにしてな、と上機嫌な高橋に促されるまま、次は食材を買い込みに行く。

男のふたり連れが食品フロアにいるのは珍しいのか、他の客の視線が痛くて居心地が悪かったが、高橋はまったく気にせず上機嫌でカートを押している。

「好き嫌いは？」

「ない。……もし好き嫌いがあったら、考慮してくれるのか？」

「いや、食わせるさ。アレルギーとかじゃなかったらだけどな。どんな食材でも、調理法を変えればなんとか食えるようになるはずだ」

鷹取家の料理長からその手の技を教わったんだと、高橋が楽しそうに言う。

(気の合わない身内より、気の合う他人と一緒のほうが幸せ……か)

確かにそうかもしれない。

少なくとも流生は、気の合わない身内達と一緒に暮らしていた二年の間、ずっと幸せじゃなかった。

好き嫌いがあると言えば、実母の教育が悪かったからだと天野家の人々に悪し様《あざま》に罵《のの》しられるから、それまで食べられなかった食材も我慢して食べるようになった。

実母を卑《いや》しい生まれの女だと罵られ、怒って反抗するとやっぱり母親の血筋が悪いせいだと侮辱された。

もう用無しだと追い出され、ひとりになって寂しかったけど、これでもう悪意を向けられることも実母を侮辱されることもなくなるとほっとしたのも事実だ。

ひとりは寂しいけど気楽。

そんな思いから、他人とのプライベートでの深いつき合いを避けるようにもなっていた。

気の合う他人と一緒にいて幸せ。

それは事実かもしれないが、他人だからこそ、ずっと一緒にいられるという保証はない。

いま傍らで楽しげに食材を吟味しているこの男だって、仕事だから自分の側にいるだけ。

命じられた仕事がすめば、元の場所に、本来の雇い主の下へと戻っていくのだ。

(迷惑な奴を押しつけてくれて……)

流生ははじめて、聡一のことを恨めしく思った。

憂鬱な気分がまたしても復活して、その後は高橋に話しかけられても軽く首を振って意思表示する程度にとどめ、むすっとだんまりを決め込む。

調味料の類《たぐい》から揃えなければならなかったから、キッチンツールと食材を合わせると、なんだかんだでとんでもない量の買い物になる。

さすがに高橋ひとりで運べる量じゃなく、流生も渋々ながら運ぶのを手伝った。

(なんで僕がこんなことをしなきゃならないんだ)

不機嫌さ丸出しの顔でマンションに戻ると、流生の部屋の玄関前の通路に見たことのない地味なスーツ姿の男がふたり立っていた。

(なんだ?)

不安から足が止まった流生を追い越し、高橋が前に出る。

すると、「お待ちしていましたよ」と、スーツ姿の男が高橋に向けて軽く頭を下げた。

「どうも。——で、どうだった？」

「予想通りでした」

男は荷物を床に置いた高橋にこそこそと何事かを耳打ちすると、小さな紙袋を手渡した。

「それでは、私共はこれで失礼します」

事情がわからず立ちすくんでいた流生に一礼して、そのままあっさり立ち去ってしまう。

「……なんなんだ。今の」

「聡一さまが個人で雇ってるエージェント」

調べ事と流生のボディガードを同時に行うのは不可能だろうから、おまえの裁量で好きに使っていいと聡一から言われたのだと、高橋が答える。

「さっきの電話のタイミングがちょい気になったんで、出掛ける前に連絡して、この部屋に盗聴器の類が取りつけられてないか調べてもらってたんだ。そのついでに、ここの鍵もふたつとも変えてもらっといた」

「……そんなこと、僕は頼んでないぞ」

流生は抗議したが、「俺は聡一さまのご命令に従ってるだけだし～」とからかうように高橋に告げられ、ムッとして黙り込む。

「はい、どうぞ」

新しいキーを使って鍵を開けた高橋が、玄関ドアを大きく開く。

すっかり臍《へそ》を曲げた流生は、無言のままズイズイと部屋の中に入り、脱いだ上着をソファに放り投げキッチンのカウンターに荷物を置くと、そのまま主寝室に向かった。

内側から鍵のかかる主寝室にひとりで閉じこもってふて寝してやるつもりだったのだが、ドアを開けた途端、目の前に見えたものに思わず絶句する。

「……なんだこれ？」

さっき着替えたときには確かにあったはずの大きなソファが撤去され、代わりにシングルの真新しいベッドが搬入されていたのだ。

「おっ、さっすが仕事早いなぁ」

呆然としていた流生は、背後から聞こえてきた高橋の声にぐるっと勢いよく振り向いた。

「これも、さっきの聡一さんのエージェントとやらの仕業か？」

「そ。やっぱソファじゃ寝にくくってさ。使い回しがきくソファベッドを用意してもらったんだ。どうせなら、流生さんのベッドをキングサイズに変更して欲しかったんだけど、さすがにそのサイズのを運ぶとなると、色々準備がいるとかで今日中は無理だって言われてさ」

「なにがキングサイズだ！　寝言いってないで、こっちのベッドは客間に移せ！」

流生が怒ると、「聡一さまのご命令だし～」と高橋がわざとらしく肩を竦める。

「ったくっ!!　もう我慢できないっ！」

切れた流生は高橋を押しのけてリビングに戻り、聡一に電話をすべく上着のポケットから携帯を取り出した。

が、電話したところで、聡一が話を聞いてくれるとも思えない。

無駄なことに時間を費やすなと、あの冷ややかな声で撃退されるに決まっている。

（ああ、もう！　腹の立つ！）

諦めた流生は、気を沈めるために深々とため息をつくにとどめた。

「……でっ!!　さっきのエージェント達は、この部屋でなにか見つけたのか？」

「ばっちり」

高橋がエージェントから手渡された紙袋から消しゴム大の黒い箱のようなものを取り出し流生の手の平に載せた。

「盗聴器？」

「いや。単純なセンサーだってさ。非常用食料を保存してあった玄関の棚に仕込んであったそうだ。これであんたの帰宅を感知してタイミングよく電話してきたわけだ。音声を拾う能力はないから安心しな」

「……そうか」

「それと、玄関の鍵にピッキングされた形跡はないそうだ。窓にも異常なし。このマンション、防犯対策がしっかりしてっから、ピッキングの痕跡《こんせき》が残らないよう注意してのんびり鍵を弄《いじ》るのはかなり困難だ。さっきのエージェントが言うには、センサーを取りつけたのは、十中八九、合い鍵を持ってる者の仕業じゃないかってさ。――心当たりあるか？」

（ある……けど）

だが、それを口に出したくなかった流生は、無言のままリビングに戻されていた大きなソファにふんぞり返って座り、テレビのリモコンを手に取りスイッチを入れた。

「まただんまりかよ。――さっきから、拗《す》ねたり怒ったりと大忙しだな」

思いっきりシカトされたというのに、高橋は気を悪くした様子もなくなぜか楽しそうだ。

流生はそのまま高橋をシカトし続けた。

テレビの画面をぼんやり眺めていると、やがてキッチンのほうから物音が聞こえてくる。

ガサガサと買ってきた食材を冷蔵庫にしまう音、そして買ってきたばかりのキッチンツールやしまいっぱなしで使っていなかった食器類を手洗いしているらしい水音。

（生活音か……。懐かしいな）

テレビの音に紛れて聞こえてくるキッチンからの物音は、昔、実の母親とふたりきりで狭いマンションに暮らしていた頃に聞いていた音によく似ている。

どんどん人恋しい気分になってきて、いてもたってもいられなくなった流生は、テレビを消し、無言のままフラットタイプのキッチンカウンターに座った。

「お、機嫌なおった？」

「別に……。なにを作るつもりだ？」

「今日はけっこう遅くなっちまったし、お手軽にできるスモークサーモンのパスタとサラダってとこかな。食えるだろ？」

流生が無言で頷くと、出来上がるまでこれでも飲んでろと高橋が白ワインをグラスに注《そそ》ぐ。

「つまみはいるか？」

「いらない」

カウンターの上を滑り、グラスが目の前でピタッと止まる。

ありがとうと何気なく礼を言うと、高橋がとても嬉しそうに目を細めた。

流生は、その明るい微笑みに目を奪われる。

「君は礼を言われるのが好きなんだっけ？」

「まあね。礼を言われると、人の役に立ってるって実感できるからな」

「人の役に立つのって、そんなに嬉しいか？」

「好きな人の役に立ってるって思えるのが嬉しいんだ。なにしろ俺、役に立つどころか邪魔だって言われて母親に捨てられたからな」

トラウマになってるんだよ、と高橋が苦笑する。

（……トラウマか。さて、困った）

こういうとき、なんて声をかけるべきなんだろう？

ただ黙っていればいいのか、それとも慰めの言葉のひとつもかけるべきか……。

この手の重めの話題を人と話すことなんてなかったから、流生はそのノウハウを知らない。

ひとりで悩んでいると、「そんな顔するなって」となんだか凄く困った顔をされた。

「俺の母親、十代半ばで俺を産んだんだ。まだまだ子供で、子育てするより自分が遊びたいって気持ちが強かったようでさ」

子供連れじゃ気楽に遊べないし、遊んでいる間子供を放置しておいたら死んでしまう。どうしようと悩んだ挙げ句、彼女は「大丈夫？」と声をかけてくれる親切な大人、福祉課の職員達に強引に子供を預けてしまったのだそうだ。

「まあ、かなり手前勝手な話だけどな。それでも、俺がひとりで留守番できる年になったら迎えに来るって、施設の人達に約束してはいたらしい」

「で、迎えに来たのか？」

「来れなかった。……遊びがすぎて、悪い男に引っかかったんだとさ」

運が悪い女だったんだな、と目を伏せ、手際よく野菜をスライスしながら高橋が呟いた。

（それって……）

濁した言葉から死を連想して、またかける言葉に迷う。

「だから、そんな顔するなって……。俺が我慢できなくなったら、困るのはあんただぞ」

「困るって、なにが？」

軽く眉をひそめた高橋を見て、流生は、ん？　と軽く首を傾げた。

一瞬、下手な同情に苛立ったのだろうかと思ったのだが、高橋の表情は苛立つというよりはむしろ困った風だ。

「俺をからかってる……ってわけじゃなさそうだな。……もしかして、全然気づいてなかったのか？」

「だから、なにが？」

「あー、なんでもない。気にすんな。――とにかくさ、俺にとっちゃ、これはとっくに整理のついた昔の話だ。可哀想自慢をする気もないしな」

高橋は大人びた笑みをその唇に浮かべた。

（……可哀想自慢、か）

なんだか、妙に胸に刺さる言葉だった。

流生自身、自分の生い立ちを他人に吹聴したことはなかったが、自分がずっと孤独だったのは、実母から引き離され、引き取られた家からも追い出されたせいだと拘《こだわ》り続けている。

これだってある意味、自分自身に対する可哀想自慢みたいなものだ。

（だからきっと、あんな嫌味なことを口走ったりもしたんだ）

帰りの車の中、高橋に言った言葉を思い出して、ため息をつく。

――君はいつも和気あいあいと賑やかな環境で育ったんだろうな。孤独を感じたことなんてないだろう？

この言葉、裏を返せば、自分は逆だった、だからずっと寂しかったんだ、ってことになる。

高橋に向けた言葉の刃は、翻《ひるがえ》って自分自身も傷つけた。

(虚しいな)

誰かを傷つけたくなんかないし、自分が傷つきたいわけでもない。

ただ明るい場所で楽しく生きていたいだけなのに、胸の奥に凝っている過去の拘りがその邪魔をしてしまう。

「あんたの親はどんな人なんだ？」

「え？」

ごく自然に問いかけてくる高橋を、流生は不思議そうに見上げた。

「……聡一さんから、あらかじめ僕の事情を聞いてきたんじゃないのか？」

「聞いてない。今回の仕事の依頼を受けたとき、俺も聞いてはみたんだけどさ」

——知りたいことがあるなら本人に直接聞け。あれは少々気むずかしい性格だから、下手に入れ知恵されて先入観を持って接してしまうと、逆に機嫌を損ねることになるかもしれない。

聡一がそう言ったと、高橋が言う。

「気むずかしいって……。酷い言われようだな」

だが、聡一はちゃんと自分の性格を把握してくれていたのだ。

（都合のいい駒扱いされてると思ってたのに……）

ただの駒ではなく、とりあえず人格のある存在だとは思われていたらしい。

それを嬉しいと感じている自分を自覚して、気恥ずかしくなった流生はわざと眉間に皺を寄せ、ムッと唇を歪ませた。

「お、拗ねたか。あんた、拗ねるとかなり可愛いよな。——初対面のときのクールビューティーっぷりも最高だったけどさ」

妙に嬉しげに目を細める高橋を見て、流生はいっそう恥ずかしくなる。

「からかうなっ！」

「はいはい。ごめんごめん」

高橋はあっさり流生の怒りを受け流した。

年長者に対する態度というよりは、聞き分けのないだだっ子を宥《なだ》めている態度だ。

（……やっぱりふてぶてしい）

「機嫌なおして、あんたの事情っての教えてくれよ」

嫌だ、と断るつもりだった。

だがその前に、「話せる範囲で構わないからさ」とさらりと高橋に譲歩されてしまう。

ここで断ったりしたら、自分がまるで本当に意固地な子供みたいな気がして、仕方なくこれまでの事情を話すことにする。

母とふたり暮らしだったこと、その後、天野家に引き取られたが二年後に追い出されたことなどを、感情的にならないよう、なるべく主観を交えず冷静に簡潔に説明する。

流生が話し終えると、「けっこう苦労してたんだな」と高橋が申し訳なさそうな顔をした。

「初対面の印象のせいかな。苦労知らずの高慢なお坊ちゃまだとばかり思ってた。聡一さまから先入観は持つなって言われてたのにな」

ごめん、と高橋が軽く頭を下げる。

(言わなきゃわからないことなのに……)

その意外なほどの素直さに意表を突かれたせいか、「僕も同じだ」と、流生の口からも素直な言葉が零《こぼ》れた。

「ん？」

「初対面の印象のせいで、君がそんな風に誠実な態度で謝罪してくれるような人だとは思ってなかったよ。——そういう意味じゃお互いさまだから、謝る必要はない」

「俺のこと、どんな奴だって思った？」

「会ってすぐ、仕事中だっていうのに僕を茶化すみたいにして口笛吹いただろう？　あれ見て、ふてぶてしくて失礼な奴だと思った」

「あ、ばれてた？」

「当然」

流生が威張って頷くと、高橋はがっくりと首を垂れた。

「やっぱ駄目だなぁ。一応気をつけてはいるんだけど、癖ってのはそう簡単に抜けないな」

「癖って？」

「執事夫妻に拾われる前、やんちゃしてた頃の癖がつい出ちゃったんだよ。ちなみに、あれは茶化したわけじゃないからな。あんたのクールビューティーっぷりを、俺なりに賛美しただけだ」

「賛美ねぇ」

目上の人に対する礼儀としてのヤンキー言葉も、賛美の意味を込めた口笛も、流生にとっての常識からは大きく外れていて、いまいち納得できない。

だが本人は至って真剣で、適当な言い訳をしているようにも見えないから、まあいいかと聞き流してやることにする。

「流生さんの母親もきっと美人だったんだろうな」

「いや、義母は超美人だけど、実の母は地味なタイプの女だったよ」

「マジで？」

「ああ、本当だ。僕のこの顔立ちは父親譲りだから……」

そのせいで、我が子を奪われまいとした実母が、この子は天野家とはなんの関係もないと言い張っても誰からも相手にされなかったぐらいだ。

「今、どうしてるんだ？」

「え？」

「実の母親。連絡取ってるんだろ？」

「いや、全然」

流生はゆっくりと首を横に振る。

聡一から臨時の社長業をやらされ、天野家とは関係のない金を手に入れることができるようになったとき、流生は一番最初に実母の行方を捜すように調査機関に依頼したのだ。

その結果、天野家に流生を奪われて数年の後、実母が普通に結婚したことを知った。

かつて子供を産んだ事実を隠したまま、幸福な家庭を築いていると……。

「僕が連絡取ったりしたら、過去のあれやこれやが今の家族にばれるかもしれないだろ？　せっかく楽しく暮らせてるんだから、そっとしといてやろうと思って」

「流生さんは優しいな」

料理をしながら流生の話を聞いていた高橋が、嬉しそうに目を細める。

流生はその視線から逃れるように、ワイングラスに視線を落とした。

「……どうかな？　臆病なだけかも……。――なんで今さら現れたんだって、母親に悪態をつかれたらたまったもんじゃないし」

「母親に愛されてなかった？」

「……いや。そんなことはない」

親子ふたりで寄り添って暮らしていた頃の記憶は、流生にとって一番温かな思い出だ。

流生と引き離されたとき、実母はなりふりかまわず泣いていた。

泣きながら、あたしの子を連れて行かないでと叫んでいた。

あの涙がずっと忘れられなかった。

今もまだ自分を思って泣いていたらと思うとたまらない気分になるから、流生は実母の行方を捜したのだ。

幸福に暮らしていると聞いて、むしろほっとしたぐらいだ。

「……と思ってたけど……。今日の件で、なんかまたわからなくなってきた」

「今日の件って、なんのことだ？」

「この部屋の鍵の件だよ。——実は週に三日ほどこの部屋の掃除をしてくれる人に合い鍵を渡してたんだ。芝田《しばた》さんっていうんだけど、その人、シングルマザーなんだ」

清掃会社に勤める三十代後半の女性で、会社の清掃をしている際に知り合った。

地味な顔立ちの彼女が実は幼稚園の子供を持つシングルマザーだと聞いたとき、流生はついつい実母を連想してしまったのだ。

愛人とは名ばかり、気紛れで手をつけられただけでその存在を忘れ去られ、たいした援助ももらえぬまま苦労して子育てしていた母親の姿を彼女に重ね、珍しく情にほだされて少しでも協力してあげたいと思った。

だからこそ、自宅の掃除も頼むようになったのだが……。

「ここの合い鍵持ってるの、その人だけなのか？」

流生は頷きながらぼそっと呟く。

「……僕、女が嫌いなんだ」

「マジで？」

高橋がハッと驚いたように目を見開いた。

「あっ、ゲイとか、そういうんじゃないからな。――天野家にいた頃、義母やその手下の家政婦達にあれこれ嫌がらせされたのが残ってて……。さっき君が言ってたトラウマっていうの？　僕にとってはその体験がトラウマだったんだ」

義母は上品で、とても綺麗な人だった。

だが彼女は、子供心にもうっとり見とれてしまうほどの美しい笑みを浮かべたまま、『あなた、いつまで生きているつもりなの？』と流生に何度も言った。

目障りな子、いらない子、早く死ねばいいのに……と。

手作りのお菓子を作ったから食べなさいと与えられるものにはガラス片や針が仕込まれていたし、真冬にぐっしょりと濡《ぬ》れたベッドに寝なさいと命令されたこともある。それで熱を出しても放置され、あやうく死にかけた。

高熱で死にかけている流生を見下ろす義母の微笑みは、まるで天女のように美しかった。

「それ以来、微笑んでる女がどうも苦手で……」

その笑顔の裏にどんな感情を秘めているのかと、ついつい勘ぐってしまう。

雇用契約を結んでいる相手なら、女性でも社員として見ることができるから苦手意識を持たずに接することができるが、プライベートでのつき合いとなるとそうはいかない。

女性側からアプローチを仕掛けられると、ついつい腰が引けてしまう。

たまにこっちが気になる女性が現れると、必ずと言っていいほど会社のブレインである三賢者がしゃしゃり出てきて、なにも言わず調査会社の報告書をデスクにそうっと置いていく。

中の書類は女性の身上調査で、叔父の手の者だったり財産狙いの悪女だったりする証拠が記載されていて、流生のトラウマをさらに上塗りしてくれるのだ。

だからといって、このまま一生ひとりでいるのも寂しい。

ここはなんとかして女性全般に対する苦手意識を克服すべきだと流生は考えた。

そして、母親に似た境遇の芝田なら信じられるかもしれないと思いついたのだ。

女性全般に対する苦手意識のリハビリの手始めとして芝田を信じる決意をして、清掃会社を通さず個人で自宅の掃除を頼んで鍵も預けてみたのだが……。

「その結果がこれだ」

流生は少し温《ぬる》んだ手つかずのワインに口をつけ、一気に飲み干した。

「母親に似た境遇だからってだけで鍵を預けたわけじゃない。ちゃんと何度も話もして、信用できる人だって判断したから鍵を預けたのに……。僕の人を見る目もまだまだだな」

「その人の仕業だとまだ決まったわけじゃないさ」

「ピッキングした跡がないのなら、芝田さんで決まりだろ」

叔父から電話がかかってくるようになったときも、家の中に盗聴器を仕掛けられているのなら彼女の仕業かもしれないという可能性が脳裏をよぎった。

でも、疑いたくなかったから、あえてそれ以上のことを考えるのは止めたのだ。

マンション住人の出入りを監視カメラで把握している管理人が情報元である可能性も思いついたが、管理人の人柄を気に入ってこのマンションに住むことを決めただけにやっぱり深く追究する気になれなかった。

流生が叔父の監視に気づいていながら、一ヶ月もの間なんの手も打たずに放置したままでいたのは、自分の目で見て気に入った人々の中に、叔父の協力者がいるかもしれないと考えるのが嫌で逃げていたせいだ。

「仕方ないか……。調査会社に芝田さんの身辺調査を頼んでみるよ」

流生がため息混じりに呟くと、高橋が「それは俺の仕事だろ」とワインを注ぎながら言う。

「調査は俺のほうから依頼しとく。……案外さ、経済的ににっちもさっちもいかなくなって、魔が差したってこともあるかもしれないしな」

「魔が差す？」

「人間、酷く追い詰められたら、自分が一番大事なものを守るために、あえて悪事に手を染めることもあるってこと。情状酌量の余地があるかもしれないぜ。もしそうなれば、あんたもちょっとは気が楽だろう？」

な？　と高橋が大人びた微笑みを見せる。

「それって……」

「ん？」

「あ、いや。なんでもない」

高橋に首を傾げられ、流生は慌てて首を振る。

（……事情によっては許すってことか）

流生が考えた身辺調査は、叔父との繋がりや金銭の授受があったかどうかを探って、彼女が犯人か否か白黒つけるためだけのものだったが、どうやら高橋は違うらしい。

犯人を突き止めるだけじゃなく、もし犯人だったとしたらなぜそれをしたのか、裏にある事情まで突き止め、その事情によっては許してやれるかもと考えているようだ。

（僕は、裏切られてたら、もうそれまでだと思ってたけど……）

それ以上の関わり合いはごめんだから、断罪してそのまま縁を切るつもりだった。

裏の事情なんかどうでもいい。罪は罪だと……。

（でも、よく考えたら前に一度、僕も悪事を見逃してたっけ）

　聡一に命じられ臨時の社長業をしていたとき、ブレインの三人組が鷹取家再興のために違法行為に手を染めているのを気づいていても知らないふりをしていた。

　それが罪であっても、聡一が助かることになるのなら別に構わないと……。

　彼女が犯人だったとして、その事情が納得のいくものだったら同じように見逃してやれるだろうか？

（……見逃せたらいいな）

　親子ふたり生きていくためになんらかの事情で金が必要だとか、もしくはなんらかの過去の秘密を盾に脅されたとかだったら、許してやれるかもしれない。

　少なくとも流生自身は、実母が今の幸せを摑むために、流生の存在を隠していることを許せているわけだし……。

「どっちにせよ。諸悪の根源をなんとかしなきゃだな」

「……ああ」

「よし、できたぞ。どこで食べる？」

　会話しながらもせっせと調理にいそしんでいた高橋が、盛りつけを終えた皿を得意そうに流生に見せた。

「ここでいいよ」

「俺、隣り座っていいか？」

「もちろん」

頷くと、高橋は嬉々《きき》としてカウンターにふたりぶんの料理を並べた。

スモークサーモンのパスタにグリーンサラダ、さして手間のかからなそうな見た目の二品を流生はおそるおそる口にしてみる。

「へえ、ホントにちゃんと美味《うま》いな」

しっかりアルデンテのパスタはレモンの酸味がきいた新鮮な味だったし、グリーンサラダにかけられた手作りのドレッシングの味も絶妙だ。

パパッと作ってこの出来なら、プロ並の腕だというのも頷ける。

これならば、毎日家で食事をするのも悪くない。

「君はワインを飲まないのか？」

味わいながらゆっくり食事を摂っていた流生は、高橋がミネラルウォーターを飲んでいるのに気づいて声をかけた。

「一応、仕事中だから自粛中」

「ああ、なるほど……。そういえば、そうだったな」

高橋がここにいて、こうして自分の面倒を見るのも仕事のうちなのだから、アルコールを飲まないのも当然だ。

納得したものの、自分ひとりがくつろいでいるというシチュエーションがどうも居心地が悪くて、流生は飲みかけていたワイングラスから唇を離した。

「君は仕事熱心だな。――僕も、見習わないと……」

大事な会社について、もっと真面目に考えなければ駄目だ。

みすみす天野一族にこの手で作りあげてきた大切な場所を譲り渡すつもりはないのだから、そろそろ本気で対応すべきだ。

自分達の確執に巻き込まれて、不本意ながらも悪事に荷担する人がこれ以上現れないうちに……。

「しつこいようだけど、例の叔父さんとのトラブルの原因は？」

少し憂鬱な気分で流生が肩を落としてため息をついていると、高橋がまた聞いてきた。

「トラブルじゃない。向こうが一方的に僕から搾取したがってるだけなんだ」

これ以上意固地になって黙っていても意味はないし、むしろ損をするだけ。

せっかく聡一が助力者を送り込んでくれたのだから、甘えてしまっても構わないだろう。

（どうせ、彼にとっては仕事なんだし……）

ちょっと拗ねた気分になりながらも、流生は事情を説明した。

「流生さんの会社を系列に取り込めば、向こうは本当に回復できるわけ？」

「いや、無理。うちの社は規模が小さいし、利益率より目新しさを優先してるからさして旨みはない。あるのはマスコミ向けのネームバリューだけさ。——天野家という大木の揺らぎを支えるための添え木が、一本でも欲しいってところじゃないかな」

「間に合わせの対症療法よか、直接の原因探ったほうが有効なんだけどな。まず原因を探って、で、原因がわかったら、それに応じてばっさり枝葉落とすなり薬を散布するなりして大元の木を治療するんだ。添え木を捜してぐずぐずしてる間に根っこがやられちまったら、マジで手遅れになるぞ」

「あの人達はそこら辺が全然わかってないんだ。自分達一族が衰退しつつあることをどうしても認められずにいるんだろうな。たぶんそれで的外れな真似をしてるんだよ」

自分達は特別な血筋だという誇りのせいか、困っている自分達に下々《しもじも》の者達が手を貸すのは当然だと思ってる節がある。

(特に、あの人は……)

流生は自分によく似た顔の父親の姿を脳裏に浮かべた。

幼い頃から、天野家の宗主となるべく育てられてきた人。

記憶の中の父親は、決して自分からは動かず、周囲の人間があたふたと動くのをいつも冷ややかに眺めてばかりいたように思う。

流生を実子と認知することにしたのも周囲の人間がそうしたほうがいいと勧めたからだと聞いているし、微笑みながら流生に嫌がらせを繰り返す義母の姿を目撃しても、彼は表情ひとつ変えずただ眺めていただけだ。

「その点、聡一さんは凄かったなぁ。思いっきり斜めってた鷹取家を、力業《ちからわざ》で強引に建て直したんだから」

ぐらついていた土台をがっしり固定して腐った枝を剪定《せんてい》し、手段を選ばず手に入れた養分を的確に与え続けて、揺らぎかけた大木を短期間でしっかり根付かせることに成功した。

流生の父親と同じように、やんごとなき家柄の跡継ぎとして特別扱いされて育ってきたはずなのに、この違いはどこからくるのだろう？

（もしかして、負けず嫌いだから？）

借りを作るのは面白くないと、聡一は常々公言しているし……。

そんなことを考えていた流生は、ふと隣りに座っている高橋が不愉快そうな顔をしていることに気づいた。

「どうかした？」

「え？　あ、いや……。うん。わかってる。これも俺の悪い癖で……」

流生が聞くと、高橋が珍しくおろっと狼狽える。

その様子がなんだか面白かった流生は、「癖って？」と顔を近づけて追究してみた。

「……僻み癖っつーか、すぐ人と自分を比べちまって……」

「聡一さんと自分を比べてるのか？」

あの特殊な存在と自分を比べるだなんて……。

びっくりした流生がまじまじと見つめていると、高橋の顔がみるみるうちに真っ赤になっていった。

「いや、その……」

そんな顔を見られるのがさすがに恥ずかしかったのか、高橋は顔を隠すように流生から思いっきり顔を背けてしまう。

狼狽えるその様が、けっこう可愛い。

「あ〜、もう格好悪いったらねぇや。里子《さとこ》さんにもずっと注意されてきたってのに……」

「里子さんって、鷹取家の執事夫妻の奥さんのほうだね？」

流生の問いに、高橋は顔を背けたままで軽く頷いた。

「僻むな、羨むなって、しょっちゅう怒られてた」

氏素性を選んで生まれてこられるわけじゃなし、そこに拘ったところで意味がない。そんな暇があったら、少しでも自分を磨いて自らの価値を高めるほうがいい。自分に自信がもてるようになれば、その曲がった背筋もしゃんと伸びる。まっすぐ堂々と立てるようになったら、あなたを見る人の目も必ず変わって来るから……。

そう里子に説教され続けてきたのだと高橋が言う。

「以前は背筋が曲がってたのか」

いつもスーツが似合う綺麗な立ち姿をしている今の高橋の姿しか見ていないから、いまいち想像できない。

「そういえば、昔やんちゃしてたとかって三賢者相手に言ってたっけ」

「三賢者って、あんたの会社のお偉いさん達？」

「そうだよ。陰でこっそりFSの三悪人って呼ぶ社員もいるようだけど……。——それにしても君、聡一さんと自分を比べるなんて度胸あるなぁ。あんな風になりたい？」

「まさか、冗談じゃねぇや」

あまりにも嫌そうに言う高橋がなんだか幼く思えて、流生はついつい微笑んでしまった。

「そうは言っても、けっこう聡一さんに対する忠誠心は厚いみたいじゃないか」

「全然違う。俺は執事夫妻への恩を返すために、聡一さまの命令に従ってるだけだ」

「ああ、なるほど。君も三賢者同様、鷹取家方面に恩があるクチか」

高橋の答えに流生はいたく納得した。

「まあな。里子さんに拾われてなきゃ、今ごろ、よければホストで、悪けりゃ裏の世界に足突っ込んでたはずだ」

「そうか。……いい人に拾ってもらって幸運だったな」

「俺もそう思うよ」

流生をまっすぐ見つめて、高橋が微笑む。

いつものふてぶてしさを感じさせないやけに素直なその微笑みを見て、流生は、ん？　と軽く首を傾げた。

「君、今、何歳なんだ？」

ふと心に浮かんだ疑問を口にした途端、高橋がまたおろっと狼狽えた。

「……あ～、もうじき二十一？」

「え！　じゃあ、ジャスト二十歳《はたち》か」

二十歳といえば、流生の場合はちょうど臨時の社長業に駆り出される少し前ぐらいだ。

友達はろくにいなかったから大学生活を謳歌するとまではいかないが、それでも毎日好きな本を読み興味のあることだけ学び、労働とは無縁な生活を気楽に送っていた。

（といっても、今とさほど変わらないか……）

社長業を営んでいるとはいえ、今でも好きなことだけやっているようなものだ。

自分のほうが年は上でも、人生経験の多様さは高橋のほうが上かもしれない。

「意外に若いんだな。もう二、三歳は上だと思っていたよ」

「当然だ。そう見えるように努力してんだから……。あと聞かれる前に言っとくけどさ、俺、高校中退だから」

「だから、なに？」

「なにって……。その……学歴がないって言ってんだけど……」

「ああ、大丈夫。そういう偏見はないよ。うちの社員にも高卒や高専卒が何人かいるし……。でもまあ、高卒認定ぐらいは取ったほうがいいと思うけどね。——で、どうして中退したんだ？　経済的理由？」

「……喧嘩《けんか》」

それで中退になった、と目をそらしたまま、子供っぽくふて腐れた顔の高橋が答えた。

「言われなくてもわかってる。あんた今、俺のこと馬鹿だと思ってるだろ？」

「う～ん、馬鹿っていうより、短気なのかな？　って考えてる」

「……里子さんからは、想像力がないんだって言われた。悪いことも良いことも、やったことは全部自分に返ってくる。だから、ちゃんと考えてから行動しろって……。そこら辺はさ、鷹取家で世話になってる間に実際そうだなって実感したんだ。だから、もうむやみやたらに暴力ふるうこともしない。——頼むから、俺に怯《おび》えないでくれよな」

振り向いた高橋が言う。

その心配そうな顔がやっぱりなんだか可愛く見えて、流生は軽く微笑んだ。

「大丈夫。その点はまったく心配してないよ。なにしろ君は、聡一さんのお眼鏡《めがね》に適《かな》った優秀な人材だからね」

「なんだ、それ？」

「自身が送り出した人間が先方でヘマをしたら、それは自身の恥になる。聡一さんは、君にはその心配がないと信頼しているから僕に預けて寄こしたんだ」

シビアでクールな聡一の目は、決して情や先入観で曇ることはない。

だからこそ、その人を見る目は誰よりも確かだ。

「……あんたも、けっこう聡一さま信者だよな」

屋敷の古参の使用人達と一緒だと、高橋がふて腐れた顔で言うのを聞いて、流生は思わず苦笑してしまった。

「信者って、聡一さんは教主じゃないんだから……。実績があるから信頼してるだけだよ」

「実績か……。あんたと聡一さまって、知り合って何年？」

「ん～、小学校低学年で知り合ったから、二十年ぐらいだね」

「……先は長いな」

(なんでそんなに聡一さんと比べるんだろう)

聡一は色々と規格外な人間だから、張り合ったって意味がない。

でもまあ、高橋は若いし、無謀な目標を持つのは悪いことじゃないのかもしれないが……。

「鷹取の屋敷では、純くんの世話以外になにをやってたんだ？」

「お？　さっきから俺の質問ばっかだな。やっと俺に興味を持ってくれた？」

なにが嬉しいのか、高橋は急に機嫌をなおして嬉しそうに笑った。

ふっと流生に顔を寄せると、唐突にその頬にキスをする。

「……え？」

予想外の行動に、流生はぽかんとするばかりだ。

「今の、なんだ？」

「興味持ってもらえたのが嬉しいから、そのお礼。――もうワイン飲まねぇの？　水か珈琲《コーヒー》かお茶かいる？」

「ああ、えっと……ミネラルウォーターを。ボトルのままがいい」

了解、と立ち上がった高橋が軽いフットワークで冷蔵庫に向かう。

（……なんなんだ？）

目上の人に対する礼儀としてのヤンキー言葉に、賛美の意味を込めた口笛。そして今度は、感謝の意を表しての頰へのキス。

（それじゃまるで、僕がキスを喜んでるみたいじゃないか）

でなければ、お礼としての価値がなくなる。

だがたぶん、高橋はそこまで深いことは考えていないだろう。

（彼にとってはこれが常識ってことか）

高橋が育ってきた環境の中では、きっとこれが普通のことなんだろう。

下手に騒ぎ立てるのは、逆に大人げなくてみっともない。

仕方ないかと、流生はさっきのキスも水に流してやることにする。

「鷹取の屋敷ではなんでもやってたよ」

ミネラルウォーターのボトルを手に戻ってきた高橋が言う。

「運転手に料理に掃除、外壁の手入れもしたし庭木の剪定もしてた。——そうだ。そこのテラスに、なんか適当な植物植えてやろうか？」

高橋が指差した窓の外、今は夜だからガラスの反射で見えないが、そこには広いテラスが広がっていて、お義理程度にポツンとテーブルとチェアが置いてある。

「大きなコンテナを運び込めば背の高い木も植えられるし、夏場の冷房効率もアップするぜ。せっかく広いテラスがあるんだからさ、活用しないと損だろ」

次の休みに一緒に園芸店に行こうと高橋が誘う。

流生は、首を横に振った。

「いや、止めとくよ」

使う人がいなくなってもキッチンツールなら放置しておけるが、植物はそうはいかない。

水を与えなければ枯れてしまうのだから……。

(僕に植物の世話ができるとも思えないし……)

流生にとってこの部屋は、生活する場所ではなく、睡眠と着替えのための場所なのだ。

それ以上の機能を加えてもかえって負担になるだけだ。

「そうか。これだけのスペースがあれば、けっこういい庭が造れるんだけどな。——ま、気が変わったら遠慮せずに言えよ。あんたのためならなんだってしてやるからさ」

「……どうも」

（まあ、それが彼の仕事だし……）

妙に張り切る高橋に曖昧に答えた後で、流生は小さくため息をついた。

3

「よしよし、かなり改善されてきたな」

夕食時、カウンターに並んで座っていた高橋《たかはし》が、流生《るい》の頬《ほお》を撫《な》でながら満足そうに呟《つぶや》く。

次いで腕やら脇腹《わきばら》やらをさわさわと無遠慮に触り、今度は不愉快そうな顔になる。

「こっちはまだまだか。……こんなに食わせてやってるのに、なんで全然太らないんだ？」

「太らないのは体質だと言ってるだろう」

あちこちさわさわと触る手がくすぐったくて、流生は軽く身震いした。

でも、その手を叩《たた》いて除《よ》けたりはしない。

一度気安く触るなと注意したことがあるのだが、逆に文句を言われたのだ。

俺は自分の仕事ぶりを確認してるだけ。確認しなきゃこの先の計画が立てられない。仕事の妨害をするなと……。

(なんか騙《だま》されてる気がする)

そう思いはするものの、これが自分の仕事だと言い切られるとどうも拒みづらい。

それに、思いっきり拒絶したせいで、せっかく近しくなった高橋との距離が開くことになるのも嫌な感じがして、なかなか強く言えないのだ。

「天野《あまの》家は太らない家系なんだ。実際、一族の中で中年太りしてる人はいなかった」

「一族揃《そろ》って燃費が悪いのか……。贅沢《ぜいたく》な体質してんな」

まあ、すべすべになってきたからよしとするか、と、高橋は満足げに微笑《ほほえ》んで、もう一度頬を撫でていった。


お互いの生い立ちを知ってから高橋との心理的な距離は一気に縮まり、一緒にいる時間が楽しくなってきていた。

ふたりきりのとき高橋がため口で話しているせいか、なんだか気安く話せる友達ができたような感じで、一時的に聡一《そういち》の使用人を借りているだけだってことを、つい忘れてしまいそうになる。

一緒に暮らすようになって十日が過ぎた頃には、高橋はすっかり流生の生活の一部になってしまっていた。

(……困った)

天野家とのトラブルが解消すれば縁が切れる相手とこんなに馴染《なじ》んでしまっては、いずれくる別れが辛《つら》くなる。

(いや、問題はその後か……)

高橋が去った後、どうやってその代わりを見つけたらいいものか……。

聡一の後ろ盾という最高の保証がついていたからこそ、高橋の場合は最初から安心できていた。

新しく身の回りの世話をしてくれる人を雇うとしても、その人物が安全だという保証をどうやって手に入れたらいいのだろう。

（僕の目が全然あてにならないって、今度のことでよ〜っくわかったし……）

流生は、突然失踪《しっそう》してしまった掃除婦の芝田《しばた》のことを思って深々とため息をついた。

彼女が失踪したのはセンサーが発見された翌日だった。

調査会社に調べさせた結果、清掃会社に提出されていた彼女の経歴はすべて偽り。

シングルマザーですらなく、最初から叔父に雇われて、流生に近づくためだけに経歴を誤魔化していたようだ。

以前、叔父が寄こした色仕掛けの女性達は、うまく行きかけたところで三賢者に阻まれていたから、今回は色仕掛けを止めて流生の同情心に訴える手に出たのだろう。

まんまと騙されてしまった流生はいい面《つら》の皮だ。

「自宅の掃除を頼む前に、私共に一言相談していただきたかったですよ。あなたは、ご自分が世間知らずのたいした甘ちゃんだってことを、もっともっともっと自覚すべきですねぇ」

とは、この件を後で知った五百川《いおがわ》の台詞《せりふ》だ。

ただでさえ騙されていたことでダメージを受けていたのに、トータルで二時間以上も三賢者から交代で説教されてしまった流生は、二重のダメージをくらってダウン寸前だ。

それでも、あの三人にプライベートなことまで相談するのにはためらいがある。

自分が信頼した相手に、三賢者が疑いの目を向けること自体が嫌なのだ。

会社関係なら仕方ないが、プライベートに関しては裏切られて騙されても、どうせダメージを受けるのは自分だけなんだから、余計なお世話は止めて放っておいてほしいと思う。

というようなことを帰りの車の中で高橋に愚痴ってみたら、「あんたは贅沢だな」と呆《あき》れたような顔をされてしまった。

「失礼なことを言うな。僕は贅沢なんてしてない」

立場上、身の回りの品は一流品で揃えているが、流生は決して浪費家ではない。

ムッとしてルームミラー越しに高橋を睨《にら》むと、「そういう意味じゃないって」と苦笑された。

「自覚ないのか？　まあ、あの三人があんたに対して過保護すぎるのも悪いんだろうけど」

「過保護って……。あれは職務上、僕がヘマをしないよう見張ってるだけだ」

「見張ってるんじゃなくて守ってるんだって。今度のことだって、あんたがけっこう凹んでるのを見てかなり心配してたしさ」

自分達が早く気づいてやれていたら、あんなに落ち込ませることもなかったのに……、そう言って、三賢者達も流生と同じように気落ちしていたと高橋が教えてくれる。

高橋は三賢者と馬が合うようで、日に何度かこそこそと立ち話をしているし、メールのやり取りもしているようだ。

今では、つき合いが長い流生よりも馴染んでいるぐらいだ。

「あんたが極端に鈍いのは、たぶん周囲が過保護すぎるせいだな」

「はあ？」

なんだそれは、と流生は呆れた。

「僕は天野家を追い出されてからプライベートではずっとひとりだった。誰かに保護してもらった覚えなんかないね」

フンと鼻息を荒くして顎《あご》を上げて威張ると、「プライベートねぇ」と高橋が意味ありげな顔で、ミラー越しにこっちをチラチラ見る。

「言いたいことがあるならはっきり言え！」

「じゃあ言うけどさ。マンションには素泊まり状態で趣味はなし、仕事以外のつき合いも一切なし。そんなあんたの場合、プライベートなんてないも同然なんじゃゃないの？」

図星をつかれ、流生はむすっと口を閉ざした。

確かにその通り、流生の今の人間関係はほとんど仕事からしか派生しない。

だからこそ、あの三人が周囲に目を光らせていてくれる限り、危ない目に遭う確率も低い。

（そういう意味じゃ、確かにずっと守られていたのか……）

余計なお世話だ、などと思ってしまったことを流生はちょっとだけ後悔する。

「ポーカーフェイスができないのも、過保護に守られてるせいかね」

少ししょんぼりした流生をミラーで見て、高橋は目を細めていた。

☆

高橋と共に少し早めのランチを摂《と》った流生が会社に戻ると、受付嬢が声をひそめて話しかけてきた。

「社長、お客さんがいらしてますよ」

「午後に来客の予定は入ってないはずだが……」

流生が不思議がると、受付嬢は取引先の会社の名前を告げた。

「新しく役員になった方だそうです。近くまで来たので、挨拶《あいさつ》がてら視察にきたとおっしゃってるんですが、ちょっと様子がおかしくて……。社長は直接お会いしないほうがいいかもしれません。警備員を同行するか、五百川さん達が戻られるのを待ったほうが無難かと」

「いや、大丈夫、彼もいるしね。とりあえず会ってみるよ」

流生は心配そうな受付嬢に、背後の高橋を示してみせた。

パーテーションで区切られた三つの応接室のうち、使用中の札がかかっている一番手前の部屋に向かう。

「失礼します」

ノックをしてドアを開けた途端、こちらに顔を向けている男の姿にギクッと身体《からだ》が竦《すく》んだ。

「流生、直接会うのは久しぶりだな」

スタイリッシュな椅子に足を組んでふんぞり返った姿で、流生の叔父、猛《たけし》が高圧的な口調で言った。

「……猛叔父さん、あなたでしたか」

流生は思いっきり嫌そうに顔をしかめてやった。

「天野家とは関係のない会社の役員も兼任してらっしゃるとは、実に節操のないことで」

「そんなの方便に決まってるだろう。そうでもしないとここに入れなかったからな。そもそも天野家の名前を出した途端、電話の取り次ぎすら拒否するとはけしからん」

社員教育がなってない、と叔父が罵《ののし》る。

叔父が会社のほうにまで電話を入れていたなんて初耳だった。

たぶん三賢者が、要注意人物だから取り次ぐなとでも社員に言っておいたのだろうが……。

(なるほど、確かに過保護だったな)

守られているのだという実感が、流生の気持ちに余裕をくれる。

あの三人が昼の休憩から戻れば、きっとうまいことやって叔父を追い出してくれるだろう。

とりあえず、それまで我慢していればいい。

「それは失礼」

流生は苦笑しつつ応接室に入った。

当然のような顔でその後に続いた高橋を見て、叔父が顔色を変える。

「なんだおまえは！　部外者は出て行け！」

「猛叔父さん、できれば声を抑えていただけませんか？　ごらんの通り、この応接室はパーテーションで区切ってあるだけで声が筒抜けなんです。びっくりした社員に警備員を呼ばれたら、恥をかくのはあなたですよ」

ふふんと冷ややかに言うと、叔父は真っ赤になって鼻息を荒くする。

「俺を不審者扱いするつもりか？　悪いのは、無礼な真似をするおまえだろうがっ！」

（いつもこれだ）

叔父にとって、自分の機嫌が悪くなるのは、全部周りの人間のせいなのだ。

そんな考え方しかできない人だからだろうか。二十年前はじめて会ったときはまだ天野家特有の硬質な美貌《びぼう》の片鱗《へんりん》が辛うじて見て取れていたその顔には、日々怒りの表情を浮かべたせいで眉間《みけん》にくっきりと皺《しわ》が刻まれており、酷《ひど》く神経質そうで気むずかしそうな雰囲気を漂わせている。

まともに相手をする気になれず、流生は怒っている叔父を無視して椅子に座った。

「出て行けと言っているのが聞こえないのか！」

流生の後ろに立つ高橋に、高圧的な口調で叔父が命令する。

流生は何事か答えようとする高橋を手で制してから、叔父に「お断りします」と告げた。

「彼は、僕のボディガードなんですよ」

「叔父の私といるのに、ボディガードは必要ない」

追い出せ！　といきり立つ叔父に、無理ですと冷ややかに答える。

「彼は僕が雇ってるわけじゃないので、僕の言うことは一切聞かないんです。——ちなみに彼の直接の雇い主は鷹取《たかとり》家の当主なんですが」

にっこりとわざとらしく微笑みながら流生が放った言葉に、高橋を睨んでいた叔父は狼狽《うろた》えたように視線を泳がせた。

（聡一さんの名前は、やっぱり効果あるなぁ）

元々の家柄から言えば、天野家のほうが鷹取家よりは格上だ。だが、事業主としての格は鷹取家のほうがはるかに上。聡一に睨まれれば、企業経営に影響が出るのは必至なのだ。

虎の威を借る狐《きつね》と笑わば笑え、使えるものは使わなきゃ損だ。

「それで、なんの御用でしょう？　留守電に吹き込んでくださるメッセージと同じご用件でしたら、返事はかなり前にしたはずです。僕の気持ちは変わっていませんよ」

「今日はその件じゃない。——これを届けに来ただけだ」

叔父は胸ポケットから、一通の招待状を取り出しテーブルに置いた。

「なにか、一族内でお祝いごとでも？」

流生が首を傾げると、「情けない」とわざとらしく首を振りため息をつく。

「父親の誕生日も覚えとらんのか？　家族だけで内々に祝いの席を設けるから、おまえも出席しなさい」

「いえ、遠慮しておきます」

流生は間髪入れずに答えた。

「今までそういう席に呼ばれたことは一度だってありませんし、行けば嫌な思いをするだけだってことも、お陰様で身に染みてわかっていますので」

わざわざ嫌がらせされに出掛けて行くつもりはないと言い切ると、叔父もまた珍しくにっこりと微笑む。

「心配するな。今回の宴席には奥方さまはいらっしゃらない」

「へえ、それは珍しいですね。なにか諍《いさか》いでも？」

義母は、傍《はた》から見てそれとわかるほど、夫である宗主《そうしゅ》を愛し、そして執着していた。

以前は、どんな席にでも必ず同行していたものだが、会わない間になにか変わってしまったのだろうか？

ついつい興味を惹《ひ》かれて、流生は軽く身を乗り出した。

「諍いなどあるわけがない。少々お心を病《や》んで実家に戻っておられるだけだ」

「おやおや、それは大変」

さもありなんと流生は納得する。

義母のあの恐ろしい微笑みからは、常に狂気の香りがしたから。

「あの方が来られなくても、その一族の方々はいらっしゃるでしょうから、やっぱり遠慮しておきますよ」

「その点も大丈夫だ。今回の宴席は宗主のご希望で本当に内々で開くことになってるんだ」

「どうしてです？」

「おまえを呼ぶために決まってるだろうが」

義母が妾腹《しょうふく》の流生を忌《い》み嫌い、苛《いじ》め抜いていたことは一族内では周知の事実。

そんな彼女とその関係者との同席を流生が望むわけがないとわかりきっているから、あえて小規模な祝いにしたのだと叔父が言う。

「……お気遣いいただいて大変ありがたいのですが、残念ながらその日は大事な商用が入っていますので、欠席させていただきますね」

義母とその関係者がいなくとも、この叔父以下、天野家の親戚達がいるのだ。そんな席にのこのこ出て行ったら、いったいどんな嫌な目に遭わされるかわかったもんじゃない。

「そう言うな。これは内密の話だが、実はここ数年、宗主の体調があまり思わしくなくてな」

「どこかお悪いところでも？」

「いや……。宗主が生来お身体が弱いことぐらい、おまえも知ってるだろう？」

「そうでしたっけ？」

宗主とは直接関わったことがないので知りませんでしたと、流生が嫌味を込めて言うと、叔父は気まずそうに咳払《せきばら》いをした。

「元々、あまり長生きできるお身体じゃないんだ。ご本人もそれは承知していてな。少しでも身体が動くうちにおまえと復縁したいと望んでおられる」

守りきれず、不憫《ふびん》な目に遭わせてしまった詫《わ》びを少しでもしたいと……。

表情を曇らせた叔父が切々と語る。

（……嘘《うそ》くさい）

似合わないその表情に、流生は居住まいを正しながら眉《まゆ》をひそめた。


「——で、なんでＯＫしちゃうかな」

マンションに帰った途端、とりあえず座れと強制的にカウンター席に座らされ、その脇に立った高橋に怖い顔で問い詰められた。

それもそのはず、流生は最終的に叔父の招待を受けてしまったのだ。

胡散臭《うさんくさ》いと確かに感じていたのに、どうしても断りきれなくて……。

「大丈夫なのかよ」

「……大丈夫……じゃないだろうなぁ」

宴席に出たら、きっとあの手この手で天野家の傘下に入れと責め立てられるに決まってる。

それがわかってるのに頷《うなず》いてしまった自分が口惜《くや》しい。

自分でもとんでもないヘマをしてしまった自覚があるから、三賢者に打ち明けることもできず、高橋にも彼らには内緒にしてくれと頼み込んでしまったぐらいだ。

「だったら、なんでOKしちゃうんだよ」

「父が僕と復縁したいって言ってたから……かな？」

「仲直りしたかったのか？」

「いや。仲直りできるほどの仲がそもそもない」

「だったら、復縁するほどの縁もないってことだろ？」

「その通りなんだけど……。でもほら、万が一、叔父の言ってることが本当だったら、やっぱり会ってやらないとまずいかなって」

「会ったほうがまずいんじゃねぇの？」

「そうなんだよなぁ」

「それがわかってて、なんでＯＫするかな」

「なんでだろう？　わかってるのに、でも、なにか断りきれなくて……」

これが煮立った油に手を突っ込むような自虐的行為だと、流生だってちゃんとわかっているのだ。

わかっているのに、どうしても断れなかった。

自分で自分の心の動きが理解できず、苦悩した流生は両手で頭を抱えた。

「もしかして、あれか？」

「あれって？」

「なんか、人に言えないような過去があるとか、弱みでも握られてるとか？」

「そんなものはない」

「だったらなんでだ？　聡一さまに頭が上がらないのと同じような感じなのか？」

「――え？」

高橋の指摘に、流生の身体が我知らず、ギクッと震える。

「あ、図星？」

「そう……なのかな？」

その要求に逆らえず、ついつい無条件で頷いてしまう。

そこは、確かに同じだ。

「で、なんで頭が上がらないんだ？」

「なんでって言われても……。なんでなんだろう？」

幼い日に守ってもらった刷り込み故《ゆえ》だと思ってきたが、それは聡一の場合のみで父親に関してはまらない。

（一度も守ってもらったことなんかないし……）

だから本来ならば、父親に対しても叔父同様に邪険な態度で接していればいいのだ。

だが、どうしたわけかそれができそうにない。

「俺に聞くなよ。――そんな状態で父親と会ったりして、本当に大丈夫か？」

高橋は思いっきり眉根を寄せた。

「理不尽な要求されて、うっかり頷いたりしないよな？」

するわけないだろう、と断言することが流生にはできなかった。

（聡一さんにも逆らえなかったし……）

楽しかった臨時の社長業を唐突に取り上げられたときも、一言も文句すら言えなかった。

なんとなく、今回も似たようなことになりそうな嫌な予感がする。

なんだかすっかり憂鬱《ゆううつ》な気分になって軽く俯《うつむ》いたら、その顎に高橋の指がかかって強引に顔を上げさせられた。

「ったく、しっかりしろよ!!」

突然、怖い声で叱られて、ビクッと背筋が伸びる。

「あんた、社長なんだろ？　社員達の生活を守る責任があるはずだ。もっとしゃんとしろ！」

「……責任？」

実に恥ずかしいことだが、流生は自分の責任について考えたことが一度もない。

面倒事や危ない局面はすべて三賢者が引き受けてくれるし、いつも気楽で楽しいことだけ考えていればよかったから……。

（それじゃ駄目か）

父親に逆らえないからなんて理由でうっかり頷いて、天野家の傘下に加わったりしたら、あの会社はもうお終《しま》いだ。

利益率の少ないユニークな企画は総潰《つぶ》れで、企業相手のイベント企画が主になるのは確実。間違いなく社内の雰囲気も変わって、今の自由な気風は消えてしまうに違いない。

それは働いている社員達にとっても、きっと不幸なことだ。

自分のために丹誠込めて作りあげた楽しい遊び場を失うのは辛い。

と同時に、毎朝明るい顔で挨拶してくれる社員達の笑顔が失われることも辛かった。

「そうだな。僕がしっかりして会社を守らないと……」

そう口に出してはみたものの、どうしても不安が消えない。

父親の代理として現れた叔父にも逆らえなかったのに、本人を前にしたらもっと逆らえなくなるんじゃないかと……。

そんな不安を見て取った高橋が、気合いを入れるように流生の両頬をぱんっと軽く手の平で叩いた。

「大丈夫だ。当日は俺がずっと一緒にいる。あんたを守ってやるからさ！」

な？　と軽く屈《かが》んで流生の瞳を覗《のぞ》き込みながら、励ますように明るく笑う。

（……いや、無理だ）

年相応の可愛《かわい》げのある微笑みに目を細めながら、流生はそんな言葉を呑《の》み込んだ。

身内だけの食事会にボディガードが同席できるわけがない。

それがわかっていても、「頼りにしてる」と深く頷いてみた。

（気持ちだけでも、充分力になるものだな）

身内とは縁がなく、友達もろくにいない自分は孤独だと感じていたけど、どうやらそうじゃなかったらしい。

守ってやらなければと思える社員達がいて、過保護に守ってくれている人達もいて、守ってやると手を差し伸べてくれる者もいる。

それはとても幸せなことなんだろう。

「君は通訳みたいだ」

自分にとって都合良くしつらえたはずの遊び場が、思いがけず乱入してきた高橋の存在を媒介としてその姿を変えていく。

会社は流生の個人的なおもちゃ箱じゃなかったし、社員達は都合良く取り出して遊べるおもちゃでもなかった。

(人を駒扱《こまあつか》いしていたのは、僕自身だったのか)

ちゃんとそれぞれに意志があり、そして流生の側《そば》で働くことを自分で選択してくれている。

その意志に感謝したいと、はじめて思えた。

「通訳って……。俺、日本語しかできないんだけど」

唐突な流生の言葉が理解できなかったようで、高橋は困った顔をしていた。

☆

——どうして父親の要求を拒むことができなかったのか？

そこが曖昧《あいまい》なままでは、確実に大失敗をやらかす。

なんとなく頭が上がらないから……などと曖昧に誤魔化すことを止《や》め、流生は真剣にそのことを考えるようになった。

そして、ひとつの仮説を立てて臨んだ会員制のレストランでの会食の席。

（ああ、やっぱりそうなんだ）

ほぼ二十年ぶりに父親、毅《つよし》と会って、流生は自分の考えが正しかったことを知った。

（相変わらず無表情だな）

毅は久しぶりに見る息子の顔に、眉ひとつ動かさない。

体調に不安があるだなんてやっぱり大嘘だったようで顔色は悪くない。

流生のそれよりもっと完璧に整ったその顔には、加齢による衰えがほとんど見られず、流生と兄弟だと言っても通用するかもしれない若さだ。

無表情、無感動。

常に孤高の存在として周囲の人々から祭り上げられ、祭り上げる人々を冷ややかな目で見下ろしている、その硬質な美貌。

はじめて会ったとき、血が通っていなさそうな作り物じみたその姿に、正直ゾッとした。

だけど実母と引き離された強い不安感から、自分と似た面差しの父親に親近感を覚え、頼りたい、守って欲しいと思っていたのもまた事実。

恐怖心と依存心。

そんなふたつの感情が相まった結果が、きっと無条件での降伏に繋《つな》がっていたのだ。

怖いから逆らえない。

守って欲しいから逆らわない。

きっとそんなところなんだろう。

そうと気づいてしまえば、もはや父親の存在は怖くなかった。

(僕はもう、あの頃のような子供じゃない)

保護者に守ってもらわなくても、充分ひとりでやっていける。

自分が世間知らずの甘ちゃんだとやっと自覚したばかりの体《てい》たらくだが、それでも見捨てず支えてくれる人達も側にいる。

(聡一さんの命令に逆らえなかったのも、きっとそのせいか)

幼いあの日、聡一がいじめっ子達から守ってくれたと思い込んでしまったせいで、流生の中で聡一は保護者認定された。

しかも困ったことに、ひんやり冷たい白皙《はくせき》の貴公子然とした聡一と、流生の父親とはなんとなく雰囲気が似ている。

そのせいで、聡一のことを振り向いてくれなかった父親の身代わりにした可能性がある。

(婚約したと聞いたときにムカムカしたのも、きっとそのせいだ)

父親の伴侶《はんりょ》である義母は、愛人の子である自分を忌み嫌っていた。

同じように、聡一の新しいパートナーも自分を忌み嫌うかもしれない。

あれは、また自分の居場所が奪われるかもと不安になるあまりのムカムカだったのだろう。

だが、実際に会った聡一のパートナーは流生を嫌わなかった。

にっこりと好意的で無邪気な笑みで温かく迎えてくれた。

だからこそ、あの日はそれなりに穏やかな気持ちで過ごすことができたのだ。

(二歳しか違わない相手を父親代わりにしてたって……)

我ながら馬鹿すぎるし、恥ずかしすぎる。

「——おい、流生。質問はないのか?」

「え?」

次々運ばれてくる食事にお義理程度に手をつけながら、必死に自己嫌悪に耐えていた流生は、高圧的な叔父の声に顔を上げた。

当然のことながら、高橋は会席の場には同席できず、控え室で待っている。

この場にいるのは流生と天野家宗主である流生の父親、そして叔父夫婦とその長女である香織《かおり》の五人だけ。

他にもふたりの叔母とその伴侶達が来るだろうと思っていたのだが、そちらの一家は招待されていないようだった。

「すみません。あまりに久しぶりでみなさんと会ったせいか緊張しすぎたようです。ぼうっとして聞きのがしてしまいました。で、なにを質問すればいいんでしたっけ?」

「だから、香織に質問したいことはないかと聞いている」

「香織さんに?」

流生は、身をひそめるようにしてやけに小さくなっている従姉妹《いとこ》に視線を向けた。

（確か、僕の二歳下だったたっけ）

彼女とも天野家の屋敷から追い出されて以来一度も会っていなかった。

記憶の中の彼女は、いつも高圧的な叔父に頭ごなしに叱られ、泣きべそをかきながら小さくなって震えていた。

どうやらあの頃のまま成長してしまったようで、天野家の特徴を備えたその顔には不安そうな表情ばかりが浮かんでいる。

うっかり話しかけたりしたら泣き出されそうな予感がした流生は、「ありません」と彼女に口を開かせずにすむ答えを選択した。

「そうか。それならこのまま話を進めるからな」

「え？　話って……なんの話ですか？」

「だから、おまえと香織との結婚話だ」

「はあ？」

なんだそれはと呆れる流生を無視して、叔父が一族内での婚姻のメリットを滔々《とうとう》と語る。

一族内で結婚すれば貴重な財産を分割することなく維持しておけるし、天野家の貴重な血筋を守ることもできると……。

（なんだってこう自分勝手なんだ）

流生は呆れ返って、深々とため息をついた。

血族結婚で一族内の財産が流出するのを防ぐという考え方は資産家の家ではよくあることだが、流生は金銭面でも天野家とは完全に縁を切っている身だ。

流生に帰属する資産などは、天野家とはそもそも関係がない。

この話は流生にとって、なんのメリットもなくむしろ害にしかならない。

香織と結婚した後で、こちらの資産目当てに始末される可能性だってあるぐらいだ。

(うっかり殺されちゃたまらないしな)

こんな見え透いた話に頷く馬鹿だと思われているとは、さすがに心外だ。

「香織さんの意見は？」

当事者である以上、放置しておくこともできず流生は香織に声をかけた。

だが香織は、怯《おび》えたように俯くばかりで一言も発しない。

「香織は承知している。おまえもそれでいいな？」

「僕は嫌ですよ」

香織に代わって答えた叔父に、冷ややかに答えた。

「香織さん個人に対して思うところはありませんが、天野家とはこれ以上関わり合いになりたくないのでお断りさせていただきます」

「生意気を言うな！」

「生意気でけっこう。あなた方一族に対して従順になる必要性も義理も感じませんからね」

ふふんと強がって軽く顎を上げてみる。

そんな流生を見て説得が通じないと思ったのか、「宗主、なんとか言ってやってください」と叔父は父親に声をかけた。

会席がはじまって以来、一言も口を聞いていなかった毅は面倒臭そうに軽くため息をつくと、ゆっくりと口を開いた。

「この縁組みは天野家の血筋に連なるおまえの義務だ。黙って従え」

幼い日の歪《ゆが》んだ恐怖と依存心から解放されてはじめて聞く父親の声は、抑揚がまったくなく、とても平らかなものだった。

なんの喜怒哀楽も感じ取れないその声は、あまりにも空虚すぎて温度をまったく感じない。

マイナスとはいえ温度を感じる、聡一のあのひんやりとした声とは全然違う。

（あの人はあの人なりに、あれでちゃんと感情があるんだな）

シビアでクールで排他的、義理人情を解さずまるで機械のようだと思っていたが、どうやら大きな間違いだ。

婚約者に対するあの優しい微笑みや甘い声も、中身がそっくり入れ替わったわけではなく、今の聡一の本心から出たものなのだろう。

（あの子が側にいれば、マイナスがプラスに転じるのか）

流生はなんだかほっとした気分になって、その唇に笑みを浮かべた。

その笑みを見とがめた叔父が「なにを笑ってるんだ！」と怒鳴る。

「おまえは宗主のお言葉をなんだと思ってる！」

（……お言葉ねぇ）

父親と叔父は確か一歳違いの兄弟のはずなのに、その立場は完全に君主と臣下だ。

天野家内の奇妙に歪んだ価値観を改めて見せつけられて、流生は軽い吐き気を覚える。

「僕はとっくの昔に天野家とは縁を切っています。宗主だろうが父親だろうが、もはや関係ない。命令に従うつもりはありませんよ」

「流生、おまえッ！」

ガタンっと椅子を倒して、叔父が立ち上がる。

その途端、叔父の隣りに座る香織がビクッと大きく身を竦め、怯えた目で叔父を見上げた。

「お父様。あの……お気を沈めてください。わ……私が流生さんを説得してみますから」

泣き出すかと思いきや、香織は意外にもしっかりした口調で言った。

「む。そうだな。それなら、ふたりで場所を変えて話をしてくるといい」

父親に促された香織が立ち上がり、流生に目配せする。

（ここにいるよりはマシか……）

知っているのは顔だけで直接話したことのない従姉妹だが、叔父の怒鳴り声を聞き続けるよりは彼女と一緒にいたほうがまだいい。

流生は香織とともに会食の間から出た。

てっきり窓から見えていた庭を散策でもするのかと思っていたのに、彼女が向かったのは建物内でも奥まったところにある一室だった。

「こちらにどうぞ」

「ここは休憩室？」

流生は香織に促されるまま、中華風の調度でしつらえられた応接間のようなところに足を踏み入れた。

その背後で両開きの重そうなドアが勝手に締まり、カチッと鍵のかかる音がする。

「え？」

どういうことだ？　と問いかけるために香織を見ると、香織は部屋の奥にある螺鈿《らでん》で装飾された板戸を開けたところだった。

「……これは、いくらなんでも」

板戸の向こう側の部屋を見て、流生はあまりの馬鹿馬鹿しさに呆れ返った。

畳敷きになっている六畳ほどの和室には、布団がふたつ並んで敷いてあったのだ。

ここが、なんのための部屋なのか問いただすまでもない。

「香織さん？」

こういう人を小馬鹿にしたような、見え透いた罠《わな》を仕掛けるのは叔父以外にいないだろう。その娘である香織も同類なのかと流生が呆れた目で見ると、香織はその視線を受けて恥じ入るように小さくなる。

「ご、ごめんなさい。そうじゃないんです。私……もう、ひとりでどうしていいかわからなくて……」

両手を顔にあてた香織は、こらえきれないといった体《てい》でシクシク泣き出してしまう。

流生は、天井を見上げて思いっきりため息をついてやった。

泣き出した香織を椅子に座らせ、部屋に備えつけてあった茶器で慣れない手つきながらもお茶を淹《い》れてみる。だが茶葉の量すらよくわかっていない流生が淹れた茶は、味見してみたら苦くて飲めたものじゃなかった。

仕方なく流生は淹れたお茶を諦《あきら》め、口直しに白湯《さゆ》を飲んでみたがそれでも口の苦みは取れない。

(お茶くらい自分で淹れられるようにならないと、さすがにみっともないか)

今度高橋にでも習おうと思いつつ、なかなか泣きやまない香織を宥《なだ》めすかし、なんとか事情を聞いてみたのだが……。

「妊娠してるのか？」

「そうなんです。それで父がこんな馬鹿なことを言いだして……」

最初から叔父は、流生を天野一族に引き戻すために香織との縁組みを画策していたらしい。だが、周囲には内緒にしていたが香織にはかねてから恋人がいて、ふたりで結婚の約束もしていた。父親に流生との結婚を強要された香織は、その事実を父親に告げ、すでに恋人との子供を身ごもっていると打ち明けたそうなのだが、なんと叔父は「ちょうどいい。その子を流生の子供だってことにしてしまえ」と突拍子のないことを言いだしたのだとか……。

「俺の子って……。万が一、今日どうにかなったところで計算が合わないし、DNA検査すればー発でばれるだろうに」

「父は、そんなこと金さえ使えばなんとかなると……」

「いや、ならないから。それこそ金さえあれば、そんなデタラメな検査結果なんかいくらだって覆せますよ」

「そうなんですよね。でも父は、そういうことが理解できないんです。ずっと天野家の中でしか生きてこなかったから常識が通じなくて……。私が説得しても、全然駄目でした」

説得を諦めた香織は、恋人と相談して、とりあえずふたりで身を隠すことにした。

だが、駆け落ちする約束をしていた昨日、待ち合わせの場所に恋人は現れなかったのだ。

「携帯も通じないし、マンションにも帰ってないみたいで……。父がなにかしたんじゃないかと思って問い詰めたら、手切れ金を渡したら彼が喜んで姿を消したって……」

私、もうどうしていいかわからない、とまたしても香織は泣き出した。

（ああ、なんかもう馬鹿らしすぎる）

妊娠している実の娘をこんなに追い詰めるなんて、まっとうな親のすることじゃない。

なんでこんなずさんで無神経な計画を平気で立てることができるのか。

男女を一室に押し込めたからって、それで肉体関係を結ぶわけもないのに……。

流生はすっかり呆れ返っていた。

とはいえ、身ごもっている上に恋人を失ったばかりの香織にとっては、この父親の愚行は馬鹿らしいですませられる話ではない。

「宗主も、なんであんな役立たずの世間知らずを自分の手足として使うかな」

実際問題、天野家の内部で育った叔父よりは、ふたりの叔母の伴侶達のほうがよっぽど切れ者だし使える人材のはずだ。

そういう判断もできないぐらい、父親も世間知らずの能無しなんだろうか？

流生がそんなことを愚痴るようにブツブツ呟いていると、「それはないと思います」と香織が涙を拭《ふ》きながら言う。

「宗主は聡明なお方です」

「だったら、なんであの叔父を使ってるんだ？」

「それは……。父が無能だから……ではないでしょうか？」

「わざと無能な人間を側近にしてるって？」

「はい。……だってほら、有能な方々は中枢から外されているでしょう？」

「え？」

意味がわからず、流生は思いっきり眉根を寄せた。

「たぶん宗主は、ご自分の代で天野家を潰すおつもりなんです」

「えっと……ごめん。話がさっぱり見えない」

正直、天野家一族のことなど知りたくもなかったから、その動向からは故意に目をそらしてきた。事業が傾きかけているというのも、パーティーなどで噂《うわさ》を小耳に挟んだ程度で実際のところはさっぱりわかってないのだ。

流生がそこら辺の事情を素直に白状して説明を求めると、香織は「私も事業のほうはよくわからないんですけど……」とためらいながらも教えてくれた。

香織が言うには、天野家の上層部は権力闘争が泥沼化しており、己の権力を守ることより事業を活性化させることを優先するような有能な者達は、造反を企んでいるだの、利益をかすめ取っているだのと濡《ぬ》れ衣《ぎぬ》を着せられ、余計な枝葉を剪定《せんてい》するが如《ごと》くバッサバッサと切り捨てられたり、閑職に回されたりしているらしい。

ふたりの叔母の伴侶達も閑職に回され、今ではほとんど親戚づき合いをしていないのだとか……。

「そんな馬鹿な真似、周りは止めないのか？」

「止める気力のある人達は中枢にはもういません。あんな父をずっと支えてきてくれた方も、もうつき合いきれないと、有能な部下達を連れて去って行ってしまいましたし……」

（なるほど、それでか……）

ここ最近の叔父のやることなすこと、どこか常識外れで的を外していたのは、それまで常識を担当してくれていた部下を失ったせいだったらしい。

「じゃあ、ここ数年、天野家の事業がうまくいってないのも、もしかしてそのせい？」

流生の質問に、香織は頷くことで答えた。

「宗主はいったいなに考えてんだ？」

「だから、天野家を終わらせることを考えてるんだと思いますよ」

「終わらせるって……。義母が苦労して産んだ跡継ぎがいるのに？」

「あ、流生さんはご存じないんですよね」

「なにを？」

「あの方はいま入院中です」

オーバードーズで何度か救急車の世話になり、今は薬物依存を治すための治療中なのだと、香織が言う。

（ああ、それでか……）

義母の心のバランスが崩れた原因を悟って、流生は軽く眉をひそめた。

「跡継ぎに問題があるからって、事業を終わらせるだなんて普通考えるか？　宗主もちょっとおかしくなってんじゃないのか」

「それはないです。それに跡継ぎの件が原因でもないと思います。……随分と昔のことですけど、宗主が天野家を毛嫌いしている言葉を口にするのを聞いたことがあるんです」

「香織さんって、宗主と親しかったっけ？」

「はい。幼い頃はよくお話ししてました。私、ピアノが得意なので……」

「ピアノ？」

またしても意味がわからず、流生は眉根を寄せる。

「あ、ごめんなさい。流生さんは知りませんよね。宗主は音楽がお好きなんです。若い頃、本気でバイオリニストを目指していたらしくて」

だが、天野家の宗主となるべき立場の彼には、その道を選ぶことは許されない。

先代の宗主は、息子に夢を諦めさせるべく、なんの話し合いもしないまま強硬手段に出たのだと香織が言う。

「強硬手段って？」

「具体的なことは知りませんが、二度とバイオリンを弾けない身体にされたとおっしゃってました。お蔭で人生が無為になって、生きているのが退屈だとも……」

宗主は、自らの血統にばかり拘るようなこんな時代錯誤の家柄など、さっさと滅んでいればよかったのだとも言っていたのだそうだ。

「それで、わざと有能な人間を排除して、本家の力を削《そ》いでるって？」

たぶん、と香織が不安そうに頷く。

（やっぱり馬鹿じゃないか）

中枢に有能な人間がいなくなれば必然的に企業は迷走しはじめる。

迷走しはじめた企業が対外的な信頼を失うのは確実で、その結果、さらに企業の迷走は酷くなり、天野一族本体の力も衰退しはじめ対外的な影響力も弱まる。

そうやってまるでなぶり殺しにでもするかのように、一族の力を徐々に衰退させようとするだなんて……。

（今の形に不満があるなら、自分で変えればいいだけなのに……）

こんなやり方をして徐々に衰退していった場合、本当の意味での迷惑を被《こうむ》るのが、天野家の系列会社で働いている社員とその家族達なんだってことがわかっていないのだろうか？

長年放置したせいで身動きも取れないほど絡み合って苦しいのなら、株分けして植え替えるなり土壌改善するなりして、自分にとって都合のいいように変えていけばいい。

かつて障害となった先代の宗主はすでに鬼籍に入っている。

邪魔をする者はいないのに、なぜわざわざ栄養を絶って大本から枯らすような真似をするのか。

（……暗い）

復讐《ふくしゅう》のために人生を費やすなど、流生からすればあまりにもつまらないことだ。

流生もまた天野家には遺恨しかもっていなかったが、それでも復讐なんて考えなかった。

そんな暗いことを考えるより、少しでも自分が生きやすくなる道を捜すほうを優先した。

いじめっ子から逃げることからはじめて、次には聡一を追いかけ、そして自分のための楽しい遊び場を作りあげることに夢中になった。

そうして今、この先もずっとここにいたいと思える自分の居場所をちゃんと手に入れた。

だからこそ、暗い想念に取り憑《つ》かれているような人間が支配している一族とは、二度と関わり合いになりたくない。

なんの恩も情も感じない父親に同情して、自分が作りあげてきたものを犠牲にするつもりもない。

気の合わない身内より、気の合う他人と一緒にいたほうが幸せ。

まったくもってその通りだ。

「宗主は、可哀想なお方なんです」

香織が同情しきった顔でそう言うのを、流生は「僕の知ったことじゃない」と切り捨てた。

「いい大人の可哀想自慢につき合うつもりもない」

以前、高橋が言っていた言葉を思い出して言ってみたら、胸がすっきりした。

不幸を乗り越える努力もせず、自己憐憫《れんびん》だけに長い時間を費やしてきた相手につき合って、立ち止まってやるつもりは毛頭ない。

「だから、とっとと逃げることにする」

少しばかり興奮してしまったせいか熱さを感じた流生は、上着を脱ぎネクタイを緩めると、シャツのボタンをひとつ外した。

そして、ソファにかけた上着から携帯を取り出す。

(普通、閉じこめる前にこれだって没収しておくもんだろうに……)

叔父の間抜けさに呆れながらも感謝して、控え室で待っているはずの高橋の携帯に電話をかける。

すると、聞き覚えのある着信メロディが、なぜか奥の畳の間から聞こえてきた。

「……まさか」

靴のまま畳の間に上がった流生は、音を辿《たど》って奥の押し入れの前に立ち、スターンと勢いよく開けてみた。

「——ども」

その中には、なんと高橋の姿。

長い足を窮屈そうに折りたたんで座り、気まずそうに苦笑いしている。

「ああ、もう。君に外からドアの鍵を開けてもらうつもりだったのに……」

一緒になって閉じこめられていたのでは、手の打ちようがない。

なんでここにいるのかと問い詰めてみたら、高橋は盗聴器とかカメラがあったらまずいから捜しに来ていたのだと言う。

「最初から会食の場所だけはわかってたから、ちょっと内部に調査入れてたんだよ。そしたら、会食用の部屋と一緒にこっちの逢《あ》い引《び》き用の部屋も天野家で予約を入れてたから、こりゃそういうことかなって思ってさ。こっそり控え室抜け出して捜してたら、急に人の気配するから、慌ててここに隠れてたってわけ」

泣き声はするし深刻そうな雰囲気で、出てくるタイミングを逃したと気恥ずかしそうだ。

「で、盗聴器とやらはあったのか？」

押し入れから出てきた高橋に流生が聞くと、「大丈夫です」と後ろから香織の声がした。

「盗み聞きのような下品な真似はしないと父が言ってましたから」

「下品ねぇ。それで、マンションのほうもセンサーだったわけか」

今時、調査活動にはカメラや盗聴器が常識だろうに、単純なセンサーひとつしか取りつけられていないことをちょっと奇妙に思っていたのだが、これで合点がいった。

(能率や効率よりも、見栄や品格のほうを優先するなんて……。本当に無能だ)

呆れ返って言葉もない。

「さて、どうするかな」

高橋がここにいる以上、外からの助けは望めない。

聡一のエージェントを呼ぶこともできると高橋が言ったが、そこまで大事にすることでもないと流生は思った。

「僕と香織さんをふたりだけで部屋に閉じこめて既成事実を作ろうっていう企みは、予期せぬ三人目の乱入で未遂に終わったわけだし、大人しくドアの鍵が開くのを待とう」

ドアが開いたら、そのまままっすぐ帰宅するだけだ。

今までの叔父のやり方から思うに、直接の暴力はないだろうと流生は考えていた。

(それも下品だからって理由かな。それとも、僕が直系の血筋だから？)

やんごとなき血筋に拘《こだわ》るあたり、後者のほうが正解のような気がする。

「香織さんはこの後どうする？　このままあの家に残っても、そのお腹《なか》の子も含めて、ろくなことにならないような気がするけど」

「そうですね。この子のためを思ったら、私も可哀想自慢をしている場合じゃないんですよね。でも、家を出るにもあてがなくて……」

友人関係は父に把握されているから頼れないと、香織は不安そうに両手で下腹に触れる。

「俺、お勧めのシェルター知ってるんで紹介しましょうか？」

「助かります」

高橋の申し出に、香織はぱっと顔を明るくして、よろしくお願いしますと頭を下げた。

「さて、後はドアが開くまでのんびりお茶でも飲んで待つか」

お茶を淹れてくれと流生が高橋に頼んだら、「駄目です！」と香織の慌てた声がした。

「ポットのお湯に……その……催淫剤《さいいんざい》が入れてあるはずなので……」

「マジで？　でも、お茶淹れた形跡があるぜ」

「え、そんな……」

困惑した香織が流生に視線を向ける。

「僕が淹れた。君が泣いている間に……。茶葉の量がわからなくて、苦いぐらい渋かったから捨てたけど」

「お茶、味見したのかよ」

「少しだけ……。その後で口直しに白湯を飲んだけど……」

（そういえば、あの白湯も苦く感じたっけ）

あれは、お茶の渋みが口に残っていたせいじゃなかったのだろうか？

「身体、なんともないか？」

不安になって口を押さえた流生を見て、高橋が聞いた。

「別に、平気だと思う」

「でも、あの……。どうして上着を脱いでらっしゃるの？」

「え？　いや、この部屋ちょっと暑いだろ？」

流生がそう答えた途端、高橋と香織は困った様子で顔を見合わせた。

「早めにここ出ないとまずいな」

「はい。それに、あの……後で私の父がここに確認に来ることになっているんです」

自分の娘が首尾良く催淫剤を使ってことをなし得たかを確認し、もし失敗していたら父親である自分が娘の尻ぬぐいをしてやる。

そんなことを叔父が言っていたと、香織はもの凄く言いにくそうに教えてくれた。

「尻ぬぐいって？」

意味がわからず首を傾げる流生に、「流生さんは宗主によく似てらっしゃるから……」と香織がまたしても訳のわからないことを言う。

しつこく首を傾げる流生を見て、高橋が苦笑しながら言った。

「お嬢さん、無駄ですよ。この人、その手の話に鈍いから」

「そうみたいですね。流生さんは一族内の淀《よど》みきった人間関係から解放されて育ったから……。私もこの子のために頑張らないと……。──早くここから出ましょう」

少し前まで泣いていたとは思えないぐらいの毅然《きぜん》とした態度で香織が言った。

その後、高橋は何本か携帯でどこかに連絡をして、なにやらこそこそと香織とふたりで相談をはじめた。

（……あつっ）

その間、流生はソファに座ってぐったりしていた。

催淫剤で連想するような身体の変化はまったくないが、とにかく暑くて怠《だる》い。

ネクタイは、首にかけているのが気になって、とっくに外した。

シャツも脱ぎ捨てたいところだが、従姉妹とはいえ女性の前で半裸になるわけにはいかず自重する。

よく冷えた水が飲みたかった。

室内にある冷蔵庫内にミネラルウォーターが入っていたのだが、どんな細工がされているかわからないからと高橋に没収された。

（ここ出たら、一番に水だ）

そして冷水のシャワーを浴びたら、気持ちよさそうだとも思う。

（これ、発熱してるだけなんじゃないか？）

額《ひたい》に手をあててみたが、手自体が熱くなっていてなにがなんだかわからない。

ただ、サラサラとした汗が手の平を濡らして、自覚のないままに自分がかなり発汗していることを知ってちょっと驚いた。

「大丈夫か？　もうすぐここから出られるから、それまで我慢しろよ」

どこからかタオルを探し出してきた高橋が、濡らしたそれで顔の汗を拭いてくれた。

「ああ、ひんやりして気持ちいい。……もっと拭いてくれ」

首とか背中とかも拭いてもらえたら、きっと凄《すご》く気持ちいいだろう。

シャツのボタンを外してシャツを脱ぎ捨てようとしたのだが、高橋に止められた。

「いや、ちょっと……それはまずいって……」

高橋がなにやら赤くなって、おろおろしている。

「……あの、あなたのこと、紳士だと思ってもいいんですよね？」

ふと気づくと、香織が酷く心配そうに、脇から高橋の顔をじいっと覗き込んでいる。

「いや、大丈夫っす！　絶対に悪さはしませんから……」

「本当かしら……。――きゃっ!!」

怪訝《けげん》そうに香織が首を傾げたそのとき、とんでもない衝撃音が響き、建物全体が揺れた。

間をおかず建物内の警報機の音が鳴り出して、大声で怒鳴り合う人々の声も遠くに聞こえてくる。

「っと、どうやら迎えが来たみたいだな。――立てるか？」

「……たぶん」

促され立ち上がろうとしたのだが、かくんと身体が崩れて床にへたり込んでしまう。

腰が抜けた状態とでもいうのだろうか、身体に力がまったく入らない。

なんとかして立ち上がろうとじたばたしていると、不意にふわっと身体が浮いた。

「ちょ……降ろせ！」

高橋に抱き上げられた流生は、慌てて文句を言った。

どうやら自力で歩くのは無理そうだが、こんな風にお姫さま抱っこされるのは不本意だ。

せめて、肩を貸すぐらいにしてくれと要求してみたのだが却下される。

「無理だって。時間もないし諦めな」

役得役得、と高橋が嬉《うれ》しげに目を細める。

その後、すぐに扉の鍵が開いて、以前会った聡一のエージェントのうちのひとりが現れた。

「早く。こちらに」

彼に促され、裏口へと向かう。

さっきの衝撃音は正面の出入り口付近で起こったようで、皆そちらのほうに集まっているのか、すれ違う人はいなかった。

裏口から出ると、車が二台停まっていた。

そのうちの一台から見覚えのある初老の男性が降りてきて、香織を促し車に乗せるとすぐにその場を離れて行く。

流生達はもう一台の車に乗り、エージェントの運転でやはりすぐにその場を離れた。

「さっきの運転手、聡一さんのところの人だろ？」

怠さをこらえて質問すると、エージェントから受け取ったペットボトルの蓋《ふた》を開けながら高橋が頷いた。

「そう、運転手の大澤《おおさわ》さん。本当は休日だったんだけどさ。ちょうど屋敷に遊びに来てたから手伝ってもらった。——ほら、水」

「ん」

身体を支えてもらって水を飲む。

よく冷えた水が、身体の中に落ちていくく感覚が妙にリアルで心地よかった。

「君が言ってたいいシェルターって、鷹取家？」

「あたり。執事夫妻がたまにDVなんかで困ってる親子を連れてくることがあるから、ちょっと頼ってみた。民間のシェルターよか全然待遇いいし安全だし、後のサポートも万全だから安心しな」

「まあ、そうだろうけど……。聡一さんは知ってるのか？」

「大丈夫。執事夫妻のボランティア活動に関しては、『好きにしろ』って容認してる」

「……そうか」

（聡一さんの『好きにしろ』は容認だったたか）

てっきり、勝手にしろと同じような、突き放した意味の言葉だと思っていた。

子供の頃からの誤解がとけたせいかなんだか余計に力が抜けて、流生はシートにもたれて目を閉じた。

「医者に連れてったほうがいいと思うか？」

「連れて行ってもすぐに打てる手はないと思う。クスリの成分がわかる頃には作用が消えているだろうし、医者に行ってもこの人が恥ずかしい思いをするだけだ。身内相手に質の悪いクスリを使うとも思えないから、ここは自然に抜けるのを待ったほうがいいんじゃないか」

ただ瞳孔《どうこう》の反応と痙攣《けいれん》には充分注意したほうがいい、などと、エージェントが心配そうな高橋に助言をしている。

「わかった。ところで、さっきのあれ、いったいなにやらかしたんだ？」

流生の額の汗を拭きながら高橋が質問すると、「表玄関に大型トラックを突っ込ませた」とエージェントがさらりと答えた。

「――け、怪我人は!?」

びっくりした流生が目を開けて問うと、「大丈夫ですよ」と明るい声が返ってくる。

「そこは充分配慮しましたし、建物は保険で修復できるよう手も打ってますから」

「ああ、そう……。君達は、いつもこんな荒っぽいことをやっているのか？」

ほっとして、また目を閉じる。

「いつもじゃありません。普段は目立たない仕事ばかりです。今回のこれは、高橋から連絡を受けた時点で一応聡一さまに報告してみたら、『二度とこんなふざけた真似をやる気にならないよう、少々大袈裟《おおげさ》に驚かせてやれ』とのご注文をいただきまして……。けっこう特殊なパターンですね」

たまにこういう派手なことをやらかすのも楽しいもんですねぇと、エージェントが明るい声で言う。

（物騒だなぁ。……まあ、楽しかったんならいいけど）

やっぱり仕事は楽しいのが一番。

少しばかり呆れたが、それでも流生の唇には笑みが浮かんでいた。

4

マンションの前でエージェントと別れ、高橋に抱きかかえられたまま部屋に戻った。

まっすぐ寝室へ連れて行かれるかと思いきや、まず最初に向かった先はトイレだった。

「ちょっとだけ我慢な」

唐突に高橋から口に指を突っ込まれ、強引に胃の中のものを全部吐かされた。

「手遅れ感があるけど、やらないよりマシだろ」

(……うう)

吐いたせいでぐったりした流生は、もう文句を言う気力もない。

だが、促されるまま口をすすいで水を飲み、抱き上げられて寝室に行く途中で抵抗した。

「寝室より先にバスルーム」

「風呂？　こんな状態で入ったら沈むって」

「シャワーを浴びるだけだ。汗だくで気持ち悪くてしょうがない」

「そんなこと言ったって、自力で立てないのにシャワーは無理だろ」

「君が手伝ってくれれば大丈夫」

「大丈夫って言ったたって……」

俺が大丈夫かなぁと不安げに首を捻《ひね》りつつ、それでもバスルームへ連れてってくれる。手伝ってもらって服を脱ぎ、自力で立てない身体をバスタブに横たえて、高橋からシャワーをかけてもらった。

汗だくになっていた肌を、シャワーの水流が綺麗《きれい》に流してくれる。

「あ〜、気持ちいい。でも、ちょっと熱い。もうちょっと温度下げてくれ」

「もう充分下げてるって、これでギリギリ。これ以上下げたら風邪引くぞ。あんた、体温感覚がおかしくなってるんだ」

「そうかなぁ」

そうはいっても肌は熱いし、体温も全然下がる気配がない。

(でも、これ……ほんと気持ちいい)

熱い肌をシャワーの水流が刺激する感覚が、なんだかたまらなく心地よかった。

高橋が操るシャワーがゆっくりと肌の上を移動して行く。

流生は目を閉じて、その心地よい刺激を楽しんだ。

「……んっ……」

「ちょっ、なに変な声だしてんだよ」

「いや、だってこれ、なんかすっごい気持ちよくて……」

はふっと勝手にため息まで零《こぼ》れる。

身体が熱いせいか、ため息まで熱い。

「あっと……ちょっと待て。そのまま目を開けるな。じっとしてろよ」

高橋が急に慌てたような声を出してシャワーを止めた。

「え〜、もっとシャワー」

「駄目だ。もうお終い。頼むから、目を開けるなよ」

有無を言わさずバスタオルで流生の身体をくるんで抱き上げ、脱衣所でバスローブに着替えさせるとそのままベッドルームへと運ぶ。

「もう目を開けてもいいか？」

ベッドに横たえられた流生が聞くと、「もういいよ」と返事が返ってきた。

「なんの遊びだよ」

もういいかい、もういいよ、とかくれんぼを連想した流生はふふっと小さく笑った。

いったん笑ったら、なんだか次から次へとおかしさがこみ上げてきて、笑いが止まらなくなってきた。

「参ったな。……なあ、睡眠薬とか常備してねぇか？」

クックと笑い転げる流生を見下ろして、高橋が本気で困った顔をしている。

「ないよ。寝つきはいいほうなんだ。ふふっ……もし常備してても、いま飲むのはまずいんじゃないのかな」

「なんでだ？」

「だって……っ……今のこれ、催淫剤の影響だろ？」

精神や神経に作用する薬だけに、睡眠薬との相性が悪い場合もある。

不意に沸き起こった笑いの発作をこらえながら、そう説明して、ふと気づく。

（もしかして……さっきの気持ちよさも催淫剤の……？）

おそるおそる自分の股間《こかん》に手を触れてみる。

バスローブ越しに触れたそこが確かに変化しているのに気づくと同時に、笑いの発作はどこかへ去って行った。

代わりに襲ってきたのは、猛烈な羞恥心《しゅうちしん》。

流生は真っ赤になって、ベッド脇に立ちすくんでいる高橋を見上げた。

「……見た？」

聞くまでもない質問だった。

流生の変化に気づいたからこそ、目を開けるな、と高橋は言ったのだろうから。

流生に釣られたのか、高橋も赤面していた。

「事故みたいなもんだ。恥ずかしがらなくていいからさ。病気や怪我で身動きできなかったら看護師に世話されて当然だろ？　俺も同じ。あんたの世話も俺の仕事のうちだから」

「……ああ、そうか」

（そうだった。仕事だったんだ）

いつも楽しげに甲斐甲斐《かいがい》しく面倒を見てくれるから、ついついそれを忘れがちになる。

別にそれでもいいはずなのに、その事実を思い出した途端、心のどこかがすうっと冷えた。

身体が熱いぶん、その落差を余計に感じる。

「それにしても、このクスリ、いくらなんでも効きが遅すぎるな」

速効で効くようなクスリでなければ、あの場合意味がなかっただろうに。

流生が叔父の愚かさに呆れていると、「下心丸出し」と不愉快そうに高橋が言う。

「下心って？」

「あ〜、そっか。流生さんは鈍いからわかんないんだよな」

高橋がベッドの脇に座って困った顔をする。

「だからさ。その……あのエロ親父、娘が失敗するのをけっこう期待してたってこと」

「失敗したら、せっかくのお膳立てが全部パアになるのに？」

それは変だろうと思ったが、大人びた顔で苦笑している高橋を見てふと気づいた。

「ああ、そういうことか……。——僕は本当に鈍かったんだな」

叔父は娘が失敗したほうがよかったのだ。

そうすれば、自分が娘の尻ぬぐいができるから……。

「なんで甥《おい》の僕をそういう目で見れるのかな」

「実の兄をそういう目で見れるんだから、甥っ子はもっと気が楽なんじゃねぇの？」

「え？　あ、ああ、そうか。香織さんがそんなことも言ってたっけ」

流生さんは宗主に似てるから、と香織は言っていた。

（宗主相手に、ずっと懸想してたってことか？）

そう考えてみたものの、どうもしっくり来ない。

叔父のあの苛々《いらいら》と神経質そうな顔は、一途《いちず》な想いを抱き続けてきた人間のそれとは違う。

宗主になんらかの想いを抱いていたとしても、それは恋愛感情とは違う、もっとどろどろとした暗いもののような気がする。

執着とか妬《ねた》みとか、そんな歪んだコンプレックス由来の暗いなにか。

「……今さらだけど、気持ち悪くなってきた」

自分が、父親やあの叔父と同じ血を引いていることが……。

あの叔父の声を一ヶ月も聞き続けていたけど、これから先はもう我慢できそうにない。

「大丈夫か？　袋でも持ってくるか？」

顔を歪めた流生を見て、催淫剤の悪い影響が出たのかと高橋が心配そうな顔をする。

流生は、高橋を安心させるために微笑んでみた。

「平気だ。そういう気持ち悪さじゃないから……」

天野家を追い出されて本当によかったと思う。

寂しかったけど、それでも天野家内部のどろどろした暗い感情に巻き込まれることなく育つことができたから……。

(俺の異母兄弟は、それでクスリに逃げたのかもな)

一族内の歪んだ感情や常識、そしてあの義母の溺愛《できあい》。

そこから逃げる手段として手っ取り早くクスリを選んだのかもしれない。

流生は不謹慎ながらもそんな想像をしてしまった。

「酒でも飲む？」

「いや、それもたぶん逆効果。ミネラルウォーターがいいな」

キッチンからミネラルウォーターのボトルを持ってきた高橋が、力の抜けた流生の身体を抱き起こし、口元にボトルを運んでくれる。

(美味《おい》しい)

むせないように少しずつ飲めよという高橋の忠告に従って、少量の水をゆっくり嚥下《えんか》する。

よく冷えた水はいつもより甘く感じられた。

飲み込んだ水と同調するように、唇から零れた雫《しずく》がつうっと喉元《のど》を滑り落ちていく。

(……あ、気持ちいい)

肌を伝い落ちていく冷たい雫は、微《かす》かなくすぐったさを肌に残していく。

でも、それ以上に気持ちよかったのは身体を支えてくれている高橋の腕のほうだった。

背中に回された力強い腕、そしてボトルに添えた流生の手を包み込むようにして補助してくれるその指先の感触。

支えるだけじゃなく、もっと違う風に触れて欲しいと思ってしまうのは、やっぱり催淫剤の影響だろうか？

「もう、いいよ」

口元からボトルを外してもらった流生は、こらえきれずに、はふっと熱い息を吐いた。

その途端、支えてくれていた高橋の身体が大袈裟にビクッとするのがわかる。

「どうかした？」

見上げると、高橋は真っ赤になっていた。

流生はなにげなくその赤くなった顔に力の抜けた指先で触れてみる。

「赤くなっちゃって……。ああ、汗もかいてるんだ。——まさか、君も催淫剤飲んだわけじゃないよな？」

「飲んでない。飲んでたら、こんな状態で我慢できてないって」

「我慢？」

（ああ、そうか。そうなんだ）

いつもだったら気づかないところだが、さっき叔父からそういう目で見られていたと気づいたばかりだったせいか、このときはすぐに腑《ふ》に落ちた。

「君も、僕相手にそういう気になるのか?」

思ったことをそのまま口に出すと、高橋は真っ赤になった顔を隠すかのように思いっきり流生から背けた。

「まあな。……初対面のときのクールビューティーっぷりに魂抜かれそうになったし」

「しばらく一緒にいて、最初の印象と違うって失望してない?」

クールビューティーどころか、実際は世間知らずで高慢なだけのお坊ちゃんだったのだから、がっかりさせたかもと思ったのだが、高橋は「んなわけあるか」と否定してくれた。

「美人で可愛いし、手間もかかるしで余計好みだよ」

「手間がかかるのがいいだなんて、変な趣味だな」

「そのほうが役に立てるからさ。——本来、男には興味ないけど、あんたは特別だ。正直、我慢すんのが大変なぐらいだしさ」

「そう。だったら、ちょうどいい」

流生は思いっきり背けられた高橋の頬に、もう一度指先で触れて撫でてみた。

「君も同じように触って……」

高橋の手首を摑《つか》んで無理矢理にでも触って欲しいところだが、残念ながら力の抜けた指にはその力はない。

もう一度、「触って」と頼むと、高橋の手がゆっくりと近づいてくる。

（……もう少し）

見つめていた指先が、そっと頬に触れた途端、まるで熱いものに弾《はじ》かれたかのようにビクッとして離れていってしまう。

「こういうの、まずいって……。それにさ、あんた、こういうこと経験ないんじゃねぇの？」

「こういうことって？」

「だから……その、エロ絡みで人と触れ合ったことないだろ？」

「あるよ」

「へ？　だってあんた、女が嫌いだって言ってたじゃねぇか。それに男からのエロ目線には全然無頓着《むとんちゃく》だったし」

「女が嫌いでも、やればできる。男とはしたことはないけど……」

天野家絡みや財産目当ての女達との関わりで、彼女達と何度か関係したことならある。

とはいえ、そういう関係になった途端、三賢者に女性達の正体を知らされて強制終了してしまったが……。

「お蔭で、女性不信が悪化した」

「ああ、そういうことね」

「その点、君の身元は聡一さんが保証してくれてるから安心だ。――君が嫌じゃなかったら、もっと触ってくれないか？」

頬だけじゃなく、ここにも……と、バスローブの合わせ目に指を引っかけ、手の重みで胸をはだけさせてみた。

高橋の視線ははだけられた胸元に吸い寄せられ、ゴクンと生唾《なまつば》を飲んでいる。

それなのに、その手はピクリとも動かないままだ。

「どうして？　いつもは無遠慮なぐらいに平気で触ってきてたじゃないか」

「いや、だってあれは肌の調子や肉付きを確かめるためで、ほら、仕事だったし」

「仕事ならいいのか？」

「あ？」

「僕の面倒を見るようにって聡一さんに言われてきたんだろう？　だったら、ちゃんと面倒を見てくれ。さっきから……その……中途半端に昂《たか》ぶるばかりで、もう限界なんだ」

仕事ならできるんだろう？　と告げると、一瞬、高橋の表情が固まった。

もしかして、今の言い方が気に触ったのだろうかと流生は不安になる。

（命令してるみたいに聞こえたのかも……）

高圧的に肉体関係を強要するつもりはなかった。

今の流生の人間関係はほとんどがビジネス絡みで、それ以外の交流の仕方を知らない。

実母と引き離されて以来、誰かに甘えたことも本気で頼ったこともなかったから、こういうときどうやってお願いしたらいいのかがわからないのだ。

もう少しで触ってもらえるかもという期待感から、流生の身体はもう堪《こら》えきれないぐらいに熱くなっている。

だからといって、取り乱してすがりつくのはプライドが邪魔をする。

怒らせるか傷つけるかしたのだろうかと不安になり、流生は固まったままの高橋の表情をじっと窺《うかが》った。

「……後で後悔しねぇ？」

踏ん切りをつけるように深く息を吐いた後で、高橋がぼそっと言った。

「しないよ」

「正気に戻った後であんたに避けられるようになったら、俺、マジ困るし」

「大丈夫。絶対にそんなことにはならない。クスリのせいで身体がこんなになってるけど、意識ははっきりしてるし……。——ああ、でも、君が嫌なら諦めるけど」

「嫌……じゃない」

「そう。だったら、僕を助けると思って、触って……」

お願いだから……と告げると、高橋の手が再び近づいてきた。

おそるおそる頰に触れてくる指先、その手の平に流生は唇をちゅっと軽く押し当てる。

「……っ」

その途端、再び高橋の手が離れていき、その唇が押し当てられていた。

「んっ。……っ……また……いくっ……」

催淫剤のせいか、身体が過剰に反応しすぎてしまう。

喉元にキスされ、軽く足を撫で上げられただけでも精を放ってしまう。

それでも、いったん昂ぶった身体の熱は収まらない。

「もっと、もっと触って……」

萎《な》えることのない昂ぶりに煽《あお》られるまま、流生は何度も高橋に懇願した。

優しく触れてくる手に肌を震わせて、甘く抱き寄せてくる腕に頬をすりつける。

敏感になりすぎているせいで、熱い昂ぶりに直接触れるまでもなく、肌への刺激だけでも充分な快感が得られてしまう。

高橋はただキスをして優しく肌に触れるばかりで、それ以上のことはしようとはしない。

(いいのかな?)

自分ばかりが楽しんでいるみたいで少し申し訳ない気もしたが、優しく甘い喜びに心までとろかされたようになって、自分からなにかをしようという気力が湧《わ》いてこない。

「気持ちよさそうだな」

「ん。いいよ。……すごくいい」

顔を覗き込んでくる高橋をとろんとした目で見上げて、深いキスをねだる。

「……ふっ……ん……」

力の入らない腕をその首に絡めて、与えられる喜びを夢中で貪《むさぼ》って……。

（……なんだろう、この感じ）

不意に、なんだか酷く懐かしい感覚が心に甦《よみがえ》ってくる。

それは遠い昔に感じたことのある安心感。

なんの不安もなく、無防備に身体を預けて甘えられるなんて、子供の頃以来だ。

「ホント、綺麗な顔してるよな」

唇を離した高橋が、その指先で流生の頬や鼻筋、唇の形を確かめていく。

触れる指先のくすぐったさに流生が微笑むと、高橋は眩《まぶ》しそうに目を細めた。

「しかも、滅茶苦茶可愛いし」

与えられる言葉まで耳にくすぐったい。

「君……は、格好いいよ」

流生は軽く首を竦めて、囁いた。

「ホントかよ」

「ん。最初から、スラリとした立ち姿が粋で格好いいって……思ってた」

「まずいな。そんなこと言われたら、増長しそうだ」

嬉しそうに笑って、またキス。

深く合わさった唇から零れた唾液が肌の上をくすぐりながらこぼれ落ちていく。

汗でしっとりとしたお互いの肌がこすれ合うだけでも、とろけるような甘い疼《うず》きを感じてしまう。

「……ふ」

「あ、あ……また……いきそ……」

もはや何度目かわからなくなった衝動を感じて、流生は鳴いた。

だが、熱い昂ぶりは雫を零しひくひくと震えるばかりで、なかなか解放されない。

「や……なにこれ……苦しっ……」

締めつけられているわけでもないのに達《い》けない。

気づいた高橋が直接擦《こす》り上げても駄目だった。

催淫剤の影響で敏感になった身体があまりにも過剰に反応しすぎて、酷使された神経が逆に鈍く麻痺《まひ》したみたいになっているのかもしれない。

「なん……で、達けないんだ？」

なんとかしてくれ、と流生は素直に高橋を頼った。

「こっちいい？」

指先で後ろを探られ、頷く。

「ん。なにしてもいいから、早く……なんとかして……」

濡れた指がぬるっと身体の中に入ってきて、内壁を探る。

グイッと強く指先で中を擦り上げられ、身体がビクッと跳ねた。

「……あっ」

「痛い？」

「ううん、逆。……あっ、そこ……。もっと強くして……」

意識せずに出てしまう甘えた声でねだると、望み通りに指が動く。

はじめてそこで感じる快感に、流生はぶるっと身体を震わせた。

と同時に、せき止められていた熱い昂ぶりも解放される。

それでもなお依然として身体は熱いままで、そこを擦り上げられる度、じわっと痺《しび》れるような甘い快感がそこから身体中に広がっていく。

「……いい……っ……」

でも、なにか物足りない。

「指増やして、それで、もっと強く擦って……」

クスリのせいで全身の力が抜けているせいかもしれないが、指を増やされても痛みはまったく感じなかった。

自ら腰を揺らしたい衝動に駆られたが、力の抜けた身体ではそれもかなわない。

「あ……ああっ……」

もどかしく焦《じ》れったい快感に流生は身悶《みもだ》えする。

「なあ、入れていいか？」

「え？」

「この期《ご》に及んでも鈍いんだな。ここに、これを入れていいかって聞いてるんだよ」

高橋は流生の手首を摑むと、自身の熱い昂ぶりに触れさせた。

「……っ」

触れた瞬間、その意味を理性で理解するより先に流生の身体が先に反応して、甘い期待にゾクゾクッと震えた。

「あ……いい……よ。それ、いれて……。も、我慢できない」

指を引き抜かれたソコが、もっと強いものを欲しがってヒクついている。

「ああ、くそっ。俺だってもう我慢できねぇって」

高橋は流生の片足を肩に担ぎ上げると、ソコに熱い昂ぶりをあてがった。

「……んっ……」

熱い昂ぶりが、ぐぐっとソコに押し当てられる。

流生はまたしても甘い期待にゾクゾクっと震えたが、そこで不意に動きが止まった。

「どう……して？」

裏切られたような気分で、流生は高橋を見上げた。

「男相手じゃ、無理？」

「無理じゃねぇよ。ねぇけど……」

ちょっと切なそうに高橋が眉をひそめている。

「今だけでいいからさ、俺の名前、呼んでくれよ」

「なまえ？」

「あんた、一度も呼んでくれたことないだろう？」

「……え？」

そう言われて、はじめて気づく。

（そうかも……）

確かに、一度もその名を呼んだことがない。

故意にそうしていたわけじゃなく、わざわざ呼びかける必要がないぐらい、彼がいつも側にいたせいだ。

「えっと、じゃあ……高橋くん？」

「そうじゃなく、名前だって」

「王太《おうた》くん」

「くん、を取ってもう一回」

「ああ、もう！　王太！　早くっ、早くしろ！」

焦れた流生が命令口調で訴えると、高橋は了解と嬉しそうに流生の足にキスをした。

そして、待ちかねていた熱さが、ぐぐっと挿入されていく。

「……んあっ……あっ……！」

一気に奥まで突き入れられ、その衝撃にがくんと顎が上がる。

「っと、ごめん。痛かったか？」

聞かれて首を横に振る。

「へい……き、動いて……もっと……」

夢中で請うと、高橋はゆっくりと腰を使いはじめた。

「……んんっ……はっ……」

熱い昂ぶりに擦り上げられて、甘い痺れが身体中に広がっていく。

さっきまで物足りなさにヒクついていたソコは、望むものを与えられた満足感に今度は甘く収縮しはじめる。

高橋は馴染ませるようにゆうるりと動いていたが、こらえきれなくなったかのような呻《うめ》き声の後、急に激しく動き出した。

「あっ！……ああ……王太、いい……」

熱いもので内壁を擦り上げられ、流生はたまらず喘《あえ》いだ。

激しく突き上げられる度、身体がずり上がる。

その動きで背中に擦れるシーツでさえ、流生に喜びを与える。

痛みはまったくなく、感じるのは甘い痺れと未知の快感のみ。

「気持ち…いいか？」

「ん。いい……あっ……。王太……は？」

痛みがないのは、たぶんクスリで身体が弛緩《しかん》しているからだろう。

そのせいで、もしかしたら高橋のほうは楽しめていないのではないかと気になった。

流生が熱い息を吐きながら、それを問うと、高橋は嬉しそうに目を細めた。

「問題ない。あんたの気持ちよさそうな顔見てるだけでこっちは達きそうなぐらいだ」

「そうか。……よかった」

ほっとして微笑む唇にキスが与えられる。

その間も、熱い昂ぶりにゆうるりと中をかき回され続け、じわじわと内側から痺れるような甘さが迫《せ》り上がってくる。

甘い喜びにこらえきれずに零した熱い吐息は、高橋の唇にあまさず吸い取られ、さらに熱くなって吹き込まれる。

そしてまた、さらに身体は熱くなって……。

（こんなの……知らない）

身体の芯がとろりと痺れ、肌は喜びに震えて、吐息は熱くて甘い。

なにもかもが相まった、その鮮烈な快感。

満たされている幸福感に流生はうっとりと酔った。

ただひとつ、不満があるとすれば、身体の自由が利かないこと。

ただでさえクスリのせいで力が入らないのに、甘く痺れてさらに力が抜けてしまった。

(抱き締めたいのに……)

夢中になって自分を貪っている、この熱い身体を……。

それがかなわない代わりに、流生は何度も『王太』と高橋の名前を呼んだ。

「王太……王太……もっと……」

その熱い身体を抱き締め返すことができない代わりに、せめて甘い声で喜びを伝えたくて……。

「くそっ……たまんねぇ」

うわずった高橋の声にまた煽られる。

甘い夜は当分終わりそうになかった。

☆

翌朝、目覚めた流生の身体は使い物にならなかった。

クスリでぶっ飛んだ状態で無茶苦茶やった後遺症で神経が疲れ果てていたし、あちこち身体がきしむ。

出掛けられるような状態ではなかったから仕事も休んだ。

高橋はそんな流生の側にいて、甲斐甲斐しく世話を焼いてくれる。

思うように動けない流生を風呂に入れてくれ、無理矢理吐いたせいか、それともクスリが身体に合わなかったのか、軽い痛みを感じる胃を労《いたわ》る優しい食事を用意してくれたりと至れり尽くせりだ。

それでもなお、「なにかして欲しいことないか？」と真剣そのものの表情で聞いてくる高橋に、「大丈夫だ。ありがとう」と答えたら、目を細めて嬉しそうな顔をする。

寝ているのも退屈だからリビングでＤＶＤを見ると流生が宣言すると、「俺も」とソファの隣りに座ってきて、支えるように肩を抱かれてごく自然に高橋にもたれかかるような体勢に……。

（なんだか、恋人同士がいちゃいちゃしてるみたいだ）

高橋はひとときも側を離れず、優しくしてくれてなにくれとなく構ってくれる。

流生もまた、一度身体を繋げた気安さから、もはやなんのためらいもなく甘えられる。

少し前までは友達感覚だったのが、恋人感覚へとシフトチェンジしてしまったかのようだ。

特に話をするでもなく、ただ寄り添って同じ時間を過ごすだけでも、充分満ちたりて幸せ気分になれるんだってことを流生ははじめて知った。

(聡一さんもこんな気分なのかな)

だから、婚約者相手にあんなに優しく微笑むのだろうか？

すっかり恋愛モードに突入してしまった流生は、そんなことを思う。

(ずっとこうしてられたらいいのに……)

高橋の肩にこつんと頭をあずける。

できることなら、このまま自由の戻ったこの腕で高橋を抱き締めたい。

強く抱き締めて、そのまま自分のものにしてしまいたい。

だが、それはしてはいけないことだ。

昨夜は催淫剤という理由があったから救いを求めることができたが、その影響が抜けてもなお求めてしまうのはルール違反だろうから。

(王太にとってこれは仕事なんだ)

仕事は楽しいのが一番。

昨夜も、充分楽しんでくれていたようだし……。

(これ以上を望んだら、さすがにまずいよな)

肉体だけではなく、その心まで欲しいのだと、それ以上の関係を求められても困るだけ。

せっかく楽しんでもらえたのだ。

わざわざ困らせて、嫌な思いをさせたくはない。

ご機嫌そうに微笑む高橋の横顔をこっそり眺め、流生は微かに苦い気分を呑み込んだ。


その日の夜には聡一から電話がきた。

鷹取の屋敷に世話になっている香織から色々と事情を聞いたようで、『遺恨が残らないよう、後のことはこっちできっちり片をつけてやる。その間、身の回りには少し気をつけていろよ』とのこと。

「わざわざそんなことしてくれなくても大丈夫ですよ。これからは、自分でちゃんと対処できますから」

流生は慌てて断ったが、聡一は流生の言葉をあっさりシカトして通話を切ってしまった。

「ああ、もう……。これでまた聡一さんへの借りが増える」

がっくりうなだれる流生のすぐ隣りで、聡一の電話を一緒に聞いていた高橋もなぜかうなだれ落ち込んでいる。

「どうした?」

「俺さ、今回の件、あんま役に立ってないよな」

「は?」

「あんたの叔父さんが会社に来て招待状出したときは、あんたがＯＫするのを止められなかったし、会食んときだって、守ってやるって宣言したってのに一緒に部屋に閉じこめられちまったしさ」

なんだかんだと裏で調査をしてくれたり脱出を手伝ってくれたのは聡一のエージェントで、最終的にこのもめ事を収める役目を請け負ったのは聡一だ。

「なんか情けねぇや。――あんたにはもうちょっと格好いいとこ見せたかったのに……」

がっくりうなだれる高橋の口から零れる愚痴が、まるで粋がっている子供みたいに思えて、流生はついつい小さく笑ってしまう。

「なんでそこで笑うんだよ」

「君のネックも聡一さんなんだなって思って、おかしくなっただけだよ」

「意味わかんねぇんだけど」

「僕は条件反射的に聡一さんに頭が上がらなかったけど、君は条件反射的に聡一さんに反発してしまうってこと」

普段は大人っぽい態度を取っている癖に、聡一の話題が出たときに限って拗ねてみたり、自分を卑下《ひげ》して落ち込んだりと、高橋は妙に子供っぽい表情を見せる。

「そういうの、自分で自覚してるか？」

流生の質問に、高橋はふて腐れた顔で頷いた。

「どうしてそんな風になるのかは？」

この問いには首を捻る。

「わかんねぇよ。ただなんとなく、あの人が気に入らないだけで……」

この答えに、流生はやっぱりついつい小さく笑ってしまった。

（やっぱり自覚してないのか）

はじめは聡一に対するコンプレックスのせいだろうと思っていたが、どうも違うようだ。

たぶん高橋は、聡一に嫉妬《しっと》に似た感情を抱いているんじゃないだろうか？

実の親の愛情を直接知ることなく施設で育った彼にとって、鷹取家の執事夫妻の存在はある意味では親のようなもの。

そしてその執事夫妻にとっての聡一は、彼らが親代わりになって育てた誰よりも大切なご主人さまだ。

自分の大切な人達の視線が自分以外の者に向けられ、自分より大切に扱われているのが面白くなくて、ついつい嫉妬してしまっているのではないか？

それを自覚できないのは、あまりにも子供っぽいその感情を直視することができないせいか、それとも気づくきっかけがまだないだけか。

どちらにせよ、いずれはそんな自分の気持ちに気づくはずだ。

（僕だって、やっと聡一さんに頭が上がらなかった理由に気づけたばかりだし……）

気づきさえすれば、その拘りからは自然に解放される。

親代わりの彼らより、もっと大切だと思える存在が目の前に現れたら、幼い拘りは邪魔になるだけだから……。

(ここで、今すぐ解放されて欲しいって思ってしまうのは、僕の我《わ》が儘《まま》だな)

高橋が自分のことを誰よりも大切だと思ってくれたらと、つい願ってしまう。

そんな自分の心を、流生は必死で押さえ込む。

高橋がここにいるのは、流生の面倒を見るのが彼の仕事だから。

そして昨夜は、クスリの影響で苦しむ流生を少しでも楽にするために、その求めに応じてくれただけのこと。

流生の姿形が高橋から見て好ましいものだった、その幸運のお蔭だ。

肉欲と愛情は別物で、決して混同してはいけないものだ。

仕事から逸脱した感情を要求するのはルール違反。

だから、これ以上は求めない。

下手に求めて、そんなこと言われても……とあからさまに困惑されてしまうのも怖い。

「そんなに落ち込まなくてもいいんだよ。君はちゃんと僕の役に立ってくれたんだから」

「ホントかよ。慰めてくれなくてもいいんだぜ」

「慰めるつもりはないよ。本当のことだ。——君がいなかったら、僕はきっと誰にも相談できないまま、あの会食の席に座らされていただろうからね」

高橋と出会っていなかったら、自分にとって本当に大切な者達の存在に気づけなかっただろうし、父親に対する歪んだ感情から解放されるきっかけもなかっただろう。

父親の命令を拒むことができないまま、大事な会社を奪われていたかもしれない。

「つーか、とっくに電話の件を聡一さまに相談してたんだろ？　でなきゃ、俺が流生さんの側に寄こされることもなかっただろうし」

「いや。聡一さんに相談なんてしてないし、する気もなかった。偶然ばれただけ」

流生は、叔父と勘違いして聡一相手に絶縁宣言をしてしまったくだりを高橋に話した。

「自分から助けは求めてない。聡一さんに事情を聞かれても、きっと白状してなかったと思う。――なにしろ僕は、聡一さんが言う通り少々気むずかしい性格だからね」

どうしようもなくなったら、子供の頃のようにただ黙って聡一の側に逃げて行ったかもしれないが、自分から事情を話して救いを求めることは絶対にしなかった。

助けてくれと手を伸ばして、あの冷ややかな声で拒絶されるのが怖かったから……。

聡一は、そんな流生の気むずかしいところを理解していたからこそ、きっと高橋を自分の元に寄こしたのだ。

「君をここに寄こす前、聡一さんは『知りたいことがあるなら本人に直接聞け』って言ってたんだろう？」

「ああ、言ったな」

「たぶん聡一さんは、君なら僕から詳しい事情を聞き出せるだろうと判断したから、そんな指示を出したんだ。そして君は、聡一さんの予想通りに僕から天野家の事情を聞き出して、タイミングよくそれを伝えてくれた。君は聡一さんの期待にちゃんと応えたんだよ」

「えっと……それって、あれでも、充分役に立ったってことか？」

と聞くと、高橋はなにやらきょとんとした顔をしている。

「もちろん。君は、聡一さんが望んだ通りに、気むずかしい僕の通訳になってくれたんだからね。――だから自分を卑下したりしないで、もっと堂々としてればいいんだ」

「ああ、そっか……。前に俺が通訳みたいだって言ってたのって、そういうことか」

なるほど……と高橋はしみじみ納得して、やがて嬉しそうに明るく笑った。

「あんたの役に立てて、すっげー嬉しいよ」

「うん。僕も君に感謝してるよ」

（それに、君と同じように嬉しい。僕の言葉で、君が笑顔になってくれたことが……）

今回のこの仕事が、この先の高橋の自信に繋がればいいとも思う。

「助けてくれてありがとう」

流生は明るい笑顔に目を細めながら、高橋のシャツを引っ張りキスをする。

（これも、喜んでくれればいいけど……）

与えられた仕事を完璧になし得た者には、賞賛の言葉とそれに見合った報酬が与えられるべきだから……。

ご褒美のつもりで軽くキスした唇は、流生の願い通り嬉しそうに微笑んでいた。

5

「帰りたくない」

高橋が不満そうな声でそう言った。

ことの起こりは、とりあえずもう心配ない、と水曜日に聡一から連絡があったこと。

それと同時に、唐突に聡一から押しつけられた運転手兼ボディガードは、例の如く唐突に取り上げられることも決定してしまった。

「流生さん、俺、ここにいてもいいだろ？」

いいよな？　と強い口調で迫ってくる高橋が唐突に流生に抱きつく。

ぎゅうっと抱きすくめられた流生は、思わず苦笑してしまった。

(急にだだっ子みたいになっちゃって……)

聡一の電話の後から、高橋はまるで拗ねた子供みたいになってしまっている。

正直言って、その様はかなり可愛く感じられた。

(帰したくないな)

できることなら、このまま側においておきたい。

だが、派遣主が戻って来いと言っている以上、それはできない相談だ。

「駄目。君の雇用主は聡一さんだからね。その命令には従わないと……」

流生は、高橋の胸を押してその腕から逃れた。

聡一の命令に一方的に逆らうのが危険だってことを、長いつき合いの流生は知っている。

命令に異を唱えたいのならば、一度向こうに戻って、正当な理由を述べた上で訴えなければならない。

「君が道理に合わないことをすれば、君を教育してくれた人達だって心を痛めるはずだ。それでいいのかい？」

「……よくねぇ」

「だろう？　だったら、大人しく帰りなさい」

「…………わかった」

高橋が渋々と言った体で頷く。

「でも、話をつけたら戻ってきてもいいよな？」

「え？」

「鷹取の屋敷の使用人、辞めてくるからさ」

「辞めるって……。本気で？」

「もちろん。そしたら、また戻ってもいいだろう？」

「いい……けど」

(そんなことできるのか？)

そんな疑問を流生は呑み込む。

鷹取の屋敷では、執事夫妻をはじめとした古参の使用人達が高橋の帰りを待っているのだ。あの賑《にぎ》やかで和やかな場所から離れるほどのメリットが、自分の元にあるなんて到底思えない。それに、聡一も認めないような気がする。

(煙たがられてるって言ってたけど、たぶん王太の勘違いだろうな)

聡一は基本的に他人に対して親切じゃない。

優しい対応など決してせず、常にクールに振る舞っているから、その態度が誤解を生む元になっているに違いなかった。

それに、そもそも煙たがって辞めさせたいと思っている人間を、自分の元に寄こすはずがないのだ。

役に立つ存在だと認められているからこそ、今回の仕事を振られたのだろうから……。

「よし、決まりな。俺、絶対戻って来るからさ。俺が戻るまで、絶対に浮気するなよ」

「浮気って……」

なんだ、それ？　と問う前に、また唐突に抱き締められ、キスされた。

(なんだ、これ？)

びっくりして戸惑っていると、唇を離した高橋が「約束だぞ」と言う。

（約束？）

目上の人に対する礼儀としてのヤンキー言葉に、賛美の意味を込めた口笛、感謝の意を表しての頬へのキス。

そして、唇へのキスは約束の印？

（指切りみたいなものか？）

自分が戻るまで、他の人間を雇ったりするなってことだろうか？

流生は真剣に首を捻っていた。


鷹取家からの迎えが来るまでの間、ふたりはマンションの前で立ち話をしていた。

「ひとりでもちゃんと三食メシ食えよ。せっかく俺がこんなすべすべにしてやったんだから、元に戻したりするなよ」

高橋が、名残《なごり》惜しげに頬に触れる。

「すぐには辞められないかもしれないけど、休みの日には遊びに来るからさ」

いいだろ？　と聞かれて、流生はもちろんと頷く。

自分の休日は、基本的に火水だからと高橋が言う。

「僕は土日だから合わないな」

「夜は一緒に過ごせるんだから別にいいって。あんたが帰ってくるまでに、サービスで掃除してフルコースも作って待ってるからさ。――頼むから、俺以外の人間をあの部屋に入れるなよ」

再び抱き締められ、キスされたところで、鷹取家からの迎えの車が到着した。

何度も振り返りながら、高橋は迎えの車に乗り込み帰って行った。

「……今のって」

（なんか変じゃないか？）

戻ってくる、そう高橋は言った。

流生は、ボディガード兼運転手兼身の回りの世話をしてくれる使用人として戻ってくるのだろうと思っていたのだが……。

（浮気するな、で、夜は一緒に過ごす？）

しかも、掃除や食事の支度はサービスだと言う。

（それって、使用人なのか？）

遊びに来る間は、友達待遇ってことだろうか？

ひとり首を傾げる流生は、とことん鈍い人間だった。

☆

翌日の朝、流生は仕方なく以前と同じようにタクシーを使って会社に出勤した。

（駐車場に車だけ残っててもなぁ）

流生には免許証がないから、完全なる宝の持ち腐れ状態だ。

「おはよう」

「おはようございます。――あれ？　社長、高ちゃんは？」

「今日は一緒じゃないんですか？」

いつものように挨拶しながら自分のデスクに向かう途中、社員達が聞いてくる。

ボディガードの必要がなくなったから、高橋は本来の職場に戻ったと流生が説明すると、
社員達は、高ちゃんのお別れ会ぐらいしたかったと口々に言って酷く残念そうな顔をした。

（高ちゃんって……）

流生の知らぬ間に、社内でそんな呼び名が定着してしまっていたらしい。

高橋は社員達より年下だし、社内では骨惜しみせずよく働いていたし愛嬌《あいきょう》もあるから、
可愛がられる対象になるのもわからなくもないけど……。

（ああ、ムカムカする）

なれなれしい感じがどうにも気に障る。

（これこそ間違いなく嫉妬だな）

今回のムカムカは、聡一に感じたものとは微妙に違っていた。

ちょっとなれなれしすぎやしないかと文句を言って、その所有権を声高《こわだか》に主張したい。

僕は彼のことを、『王太』と名前で呼んでいるんだ！　と自慢したい。

そんな理不尽な欲求に駆られる、実に訳のわからない感覚だった。

社員同様、三賢者も高橋の不在を知ってがっかりしたようだ。

「高橋くんを返してしまったんですか。なんてもったいないことを」

「そんなこと言ったって、元々彼は聡一さんの使用人なんだから、僕の意志ではどうにもなりませんよ」

「う〜ん、もうひとつ貸しを使えば、連れ戻せないこともないですけどね」

「もうひとつ貸し？」

「聡一さまへの貸しです。俺達三人、ひとりひとつずつ聡一さまに貸しがあるので」

三賢者曰《いわ》く、流生が臨時の社長業をやっていた会社で鷹取家の再興のために違法な取引に手を染めた件での貸しがあるのだと言う。

（貸しねぇ）

きっと流生にもそうしたように、貸しを作ったままでは面白くない、なんでもひとつずつ願いをかなえてやる、などと聡一が自分から言いだしたに違いない。

「下手をすれば犯罪者になりかねない危険な綱渡りをしたんですから、報酬以外にもこれぐらいの旨みがなきゃね」

ふふふ、と五百川が楽しげに微笑む。

「高橋くんを連れ戻すために、貸しひとつ使いましょうか？」

江藤《えとう》に聞かれて、流生は首を横に振った。

「やめておきます。自分の仕事は自分で選ぶべきだと思うし……」

人から命令される形で雇用主を変えるのは、流生的には正しいことだとは思えない。

「そうですか、残念です。気が変わったらいつでも言ってくださいね。今回の件で、私のをひとつ使いましたが、まだ江藤さんと十和田《とわだ》くんの貸しがひとつずつ残ってますから」

「今回の件って？」

「おや、聡一さまから聞いてなかったんですか？」

訳がわからず首を捻る流生に三賢者が説明してくれたところによると、彼らは、ここ最近の流生が会社で頻繁に意味深なため息をつくのが気になっていたのだそうだ。

自分達で調査してもその原因がどうしてもつかめないから、仕方なく聡一にその原因を探って、流生のため息の元をなんとかしてくれるように依頼していたのだとか……。

「それで、聡一さまは高橋くんをこちらに寄こしてくれたんですよ」

「ああ、そういうことだったんですか」

聡一が自発的に気を遣ってくれたわけじゃなかったらしい。

親友のふりをした貸しは、あの車を贈呈することで返し、高橋はまた別口。

ひとつの貸しに対して、見返りもひとつだけってことだ。

（きっちりしてるなぁ。……って、あれ？　となると……）

臨時の社長業の裏側で行われた取引を黙っている見返りとして、聡一は開業資金と三賢者を流生に与えてくれた。

（ふたつじゃ計算が合わないな）

三賢者達への貸しも計算が合わない。

違法な取引に手を染めた件と、流生が起業する際のブレインとなってくれた件。

聡一への貸しは、ひとりふたつずつってことになるのではないだろうか？

流生がそれを指摘すると、五百川は「違いますよ」と言った。

「聡一さまからは、社長に協力しろと命令されちゃいませんからね」

臨時の社長業を取り上げられたとき、流生があまりにも意気消沈したのが気になっていたのだそうだ。

そして、もしも今後なにか彼に助力できることがあれば協力するからと聡一に伝えていた。

それからしばらくして、流生に起業を勧めるつもりだが協力する気はあるかと聡一に打診され、面白そうだと三人揃ってＯＫしてくれたらしい。

「じゃあ、最初から僕のために？」

「まあ、そういうことになりますか」

違法な取引に手を染めた後、ほとぼりが冷めるまで大人しくしていようと、ちょうど三人とも無職だったせいもある。

そして、大企業の裏側のどろどろした部分に触れた直後だったせいもあって、新しい会社を一から作りあげる作業がとても魅力的にも思えた。

「実際、若い会社を軌道に乗せるのは楽しい作業でしたよね」

「ですね。手塩にかけたぶん、思い入れもありますし」

三賢者が懐かしそうに昔話を語る。

「……だから、会社が軌道に乗った後も残ってくれたんですか？」

「この年で、再就職は面倒ですから」

「っていうか、危なっかしくて手が離せないのも本当のところで」

「確かに……。社風があまりに自由すぎて、手を離した途端、どこにぶっ飛んで行くかわかったもんじゃないですから」

なによりトップが世間知らずの甘ちゃんなのが一番のネックだと、三賢者が耳に痛いことを言う。

「世話ばっかりかけて申し訳ない」

流生は苦笑しながら頭を下げた。

「あなた方三人にはいつも感謝してるんです。できればこれからも、ぶっ飛んで行かないよう厳しく見張ってやっていてください」

照れくささをこらえながら素直な気持ちを口にすると、ほぼ同時に三賢者が頷く。

自分の言葉に、三人ともが嬉しそうな顔をしてくれたことが、流生はなにより嬉しかった。


仕事を終えて家に帰った途端、流生は途方にくれた。

「……ちゃんと食べろって言われても困るよな」

高橋が来る前は、帰宅するととりあえずスーツから私服に着替えて、徒歩で行ける範囲のお気に入りのレストランへ行って、テーブルにひとり座って食事していた。

だが今日は、どうも気乗りしない。

(ひとりで行ってもつまらない)

二十年以上、仕事以外では、ほとんどひとりで食事してきた。

それなのに、たかが三週間程度、高橋と並んで座って会話しながら食事しただけで、ひとりで食事するのが寂しいと思うようになるとは……。

情けない気持ちに陥りながら、とりあえず冷蔵庫を開けてみた。

料理が一切できない流生のために、食材は高橋がほとんど片付けて行ってくれている。

残っているのは酒や調味料の類と、チーズと林檎《りんご》のみ。

「今日はもうこれだけでいいか」

流生は白ワインとチーズと林檎で食事をすませることにした。

林檎の皮を剝《む》こうとナイフを手に取り、くるくるっと器用に皮を剝いていた高橋の見よう見まねでやってみたのだが、ナイフを入れる角度が悪いのか、実を思いっきり削ったり皮の薄い破片が宙に舞ったりするばかりで、どうにもうまくできない。

けっきょく諦めた流生は、洗った林檎を皮ごと輪切りにして食べた。

「そういえば、お茶の淹れ方も聞かないままだったっけ」

以前はミネラルウォーターばかりを飲んでいたが、高橋が来てからは食後にお茶や珈琲を飲むようになっていた。

元の習慣に戻ればいいだけの話なのだが、食後に温かな飲み物を口にする、あのほっとするような感覚が忘れられそうにない。

ひとりで食事するのはつまらないし、自分以外に人の気配がしない部屋は妙に空虚な感じがして居心地が悪い。

話し相手がいないと夜が長い。

時間が過ぎるのも妙に遅く感じる。

（以前は平気だったのに……）

タクシーで無言のまま家に帰り、外食を終えたら雑誌か本を読み、適当な時間を見はからって風呂に入って、ベッドに潜り込んで目を閉じる。寝つきがいい流生はすぐに眠りに落ちるから、すぐにまた朝が来てまたタクシーで無言のまま出勤。そしてまた会社が終わったらタクシーに……。

「ああ、もう。……そんな毎日なんかつまらないし退屈だ」

それになによりも寂しい。

流生は両手で頭を抱えて、思いっきりため息をついた。

家には寝に帰って来るだけという、以前の生活サイクルには、もう戻れそうにない。

高橋がいなくなったら、きっと寂しくなるだろうと予想はしていたが、まさか一日目からこんな気分になるなんて……。

(王太が戻ってくるまで、ひとりで我慢できるかな)

いつ戻ってくるかわからないし、そもそも、聡一が高橋を手放してくれるかどうかだってわからない。

正直、戻ってくるのは難しいんじゃないかとも思うのだ。

必要なのは、運転手と料理人と掃除婦、そして話し相手。

それらすべてをひとりの人間で賄《まかな》うことはできないから複数人雇う必要があり、それぞれ身上調査もきちんとしなくてはならない。

そうなると人件費もとんでもないことになるだろう。

「それじゃあ、贅沢がすぎるか」

なにより、どんなにいい人材に恵まれたとしても、けっきょくは高橋が戻るまでの間に合わせに過ぎない。

（間に合わせの対症療法は駄目なんだったっけ）

――間に合わせの対症療法よか、直接の原因探ったほうが有効なんだけどな。

確か、高橋はそう言っていた。

その通りだろうと、流生も思う。

自分に興味を持ってくれない父親への複雑な感情を転嫁するために聡一の側に居続け、ひとりの寂しさを紛らわすために遊び場としての会社を作った。

それらの問題の根っこを理解して、変な歪みから解放された今となっては、それらすべてが対症療法みたいなものだったのだとわかる。

また同じような対症療法で一時的に今の寂しさを癒したとしても、根っこのところの寂しさが消えることはないだろうってことも身に染みてわかってる。

（王太じゃなきゃ駄目か）

話し相手になって欲しいのも、その気配を感じていたいのも彼だけ。

（聡一さんに僕から頼んで、彼を戻してもらおうか）

もしも断られたら、三賢者の貸しをひとつ使ってもらう手もある。

もう一度、ボディガード兼運転手として高橋に戻って欲しいと……。

(ああ、いや。……それでも駄目だな)

これもやっぱり対症療法で、根本的な解決にはならない。

そんな形で側にいてもらったとしても、これが高橋の仕事なんだからと、苦い気持ちが心の隅からじわじわと湧いて出てしまうから……。

それに、彼のことをまるで駒のように扱って、都合良くあっちからこっちへ動かすような真似もしたくなかった。

(仕事でつき合うんじゃなくて……。一対一の人間同士としてつき合って欲しいんだ)

だからといって、友達ではもう満足できない。

もっと近い、ごく自然に触れ合うことができる恋人として側にいて欲しい。

いつも彼の側にいたいし、いつまでも自分の側にいて欲しい。

生まれてはじめてそう思えた、誰よりも大切な存在……。

(まず、王太の意志を確認しよう)

そこまで考えた流生は、ふと別れ際の高橋の態度を思い出して首を捻った。

「ん？」

浮気するな、夜を一緒に過ごす、自分以外の人間を家に入れるな、と高橋は言っていた。

どれもこれも、仕事相手への言葉としては、ちょっと異質なものばかり。

「……あれって、そういうこと？」

もしかしたら、とっくに意思確認はすんでいたのかもしれない。

（僕が鈍いだけだったんならいいけど。でも、僕と王太の常識はけっこう違ってるし……）

勘違いしているという可能性も捨てきれず、いまいち自分の考えに自信が持てなかった。

とりあえずここは、やっぱり本人に直接聞くしかなさそうだ。

望む答えが得られれば良し、駄目だったとしても諦めずに望みがかなうよう努力する。

いつだって流生は、自分が望む明るい方向を目指して生きてきた。

だから、やっぱり今度もそうするだけだ。

☆

土曜の午後、流生は鷹取家の屋敷の門前でタクシーを降りた。

インターフォンで執事に連絡して門を開けてもらい、五分ほどかかる屋敷までの道をのんびりと徒歩で向かう。

半分ほど歩いたところで、道の左右に広がる広大な前庭からボールがぽんぽんと弾んで転がり出てきた。

そのボールを追って、三匹の犬がやっぱり転がるように飛び出してきて、さらにその後ろから聡一の婚約者、純が歩いてきた。

「やあ、こんにちは」

「あれ、流生さんだ。お久しぶりです！」

こんにちは、と純がにっこり人懐こい笑みを浮かべる。

「聡一さんに会いにいらっしゃったんですか？　今日は夕方まで仕事で留守なんですけど」

「いや、今日はそっちには用はないんだ」

「あ、じゃあ、もしかして、香織さんに会いに？」

「彼女も留守なんだろう？　大丈夫、さっき電話で話したばかりだし事情は知ってる」

一瞬、表情が曇った純に、流生は微笑みかけた。

従姉妹の香織は今、日中はほとんど病院にいる。

彼女やそのお腹の子供の具合が悪いわけではなく、彼女の恋人が入院しているためだ。

例の会食の後、鷹取家の屋敷に匿《かくま》われた香織はすべての事情を聡一と執事夫妻に話した。

そして約束の場所に現れないまま行方不明になってしまった恋人の行方を捜してもらったら、叔父の手の者に捕らわれて監禁されていたところを発見されたのだとか。

監禁される際に暴行を受け、食事も与えられない状態だったせいで極端に身体が衰弱しており、いま彼は入院中なのだ。

まだ退院がいつになるかもわからない状態らしいが、それでも恋人の心変わりが嘘だったと知った香織は随分と元気になって、これからは天野家とは縁を切り親子三人で頑張って生きると張り切っていた。

「恋人が見つかるまでの間、純くんの励ましが凄く心強かったって香織さんが言ってたよ。ありがとう」

「いえ。……母子家庭でも全然幸せだから大丈夫だなんて、なんか今となっては的外れな応援しちゃったんですけど」

自らが母子家庭で育った純が、えへへっと照れくさそうに笑う。

「えっと、あの……。じゃあ、今日はなんの御用なんでしょう？　俺、案内します」

「ありがとう。じゃあ、まず高橋くんのところに案内してくれるかな」

「はい！」

元気に頷いた純は、流生を伴って庭へと戻って行く。

そして足元にじゃれつく犬の口からボールを取ると、庭のほうへと投げた。

三匹の犬達が絡まり合うようにして追いかけて行くボールは、芝生の上を勢いよく転がって行き、やがて脚立の足にぶつかって跳ね返る。

その脚立の上では、青いつなぎ姿の高橋が、大きな剪定ばさみで庭木の手入れをしていた。

「仕事中か……。――王太！」

流生が声をかけると、高橋は弾かれたように振り向いた。

「流生さん!!」

脚立からひょいっと身軽に飛び降りて、満面の笑みを浮かべて駆け寄ってくる。

（ああ、可愛いな）

素直に喜びの感情だけを表したその顔が眩しく見えて、流生は目を細めた。

「会いに来てくれたのか？　俺さ、今日の夜に流生さんとこ遊びに行くつもりだったんだ」

ちゃんとひとりでもメシ食ってるか？　カサカサしてないか？　と軍手を外して高橋が頬に触れてくる。

どうやら、流生に会えた嬉しさで興奮しているようだ。

（たかが二日会ってないだけなのに……）

普通だったら大袈裟だと笑うところだが、正直、流生も高橋の顔を見られたことが嬉しくて興奮気味だから笑えない。

（う〜ん、つなぎも似合うなぁ）

粋なスーツ姿も悪くないが、はじめて見る着崩したつなぎ姿がちょっとやんちゃそうで可愛くてなかなかいい。

明るい日差しの中、庭仕事で汗ばんだ額や光を弾くメッシュ入りの髪も眩しく見える。

「例の話だけど、こっち戻ってすぐ、ここ辞めて流生さんとこに行きたいって聡一さまに訴えてみたら頭ごなしに却下されちゃってさ。ちょっと難航中なんだ」

俺の代わりなんかいっくらでも雇えるのに性格悪いよな、と高橋が不満顔で訴える。

「意地悪で言ってるわけじゃないと思うよ。——王太、君、僕のところに来たい？」

「もちろん！　ってか、もしかして流生さん、聡一さまに話をつけに来てくれたのか？」

「ごめん、僕には君を雇うつもりはないんだ」

頷いてやりたい気持ちをぐっと抑えて流生がそう言うと、みるみるうちに高橋のテンションが落ちていく。

「……マジで？」

「悪いな。ヘッドハンティングは無理」

そう断言した後、流生は緊張のあまり唾を飲む。

（けっこう緊張するもんだな。……しかも照れる）

こんな恥ずかしいこと、生涯一度きりにしておきたいところだ。

などと思いながら、耳や頬の熱さを意識しつつ、もう一度口を開く。

「——嫁になら、是非とも来て欲しい」

「へ？」

この唐突すぎる発言に、高橋は鳩が豆鉄砲を食ったような顔になった。

「えっと……。今のって、空耳……じゃないよな？」

「君へのプロポーズの言葉が聞こえていたのなら、それは空耳じゃないよ」

恋人になって欲しいと訴える案も考えてはみたのだが、なんだかまどろっこしい感じがして却下した。

とにかくもう、今すぐ一緒に暮らしたい。

この先も一緒に生きていきたい。

そんな風に、まっすぐ意思表示がしたかった。

それで思いついたのが、諸々《もろもろ》すっ飛ばしての一足飛びのプロポーズ。

（聡一さんも、男の子相手に婚約者とかって言ってるし……）

少々常識からは外れているが、この屋敷の主もまた常識外れなことを堂々としているのだから、この屋敷の敷地内でならまあ許されるだろう。

「答えは？」

恥ずかしさをこらえつつ、クールに見えるよう軽く顎を上げ、強気に回答を要求してみる。

「うっわ……ここで、その顔すんのかよ」

これ以上、俺の魂抜いてどうすんだよ！　と硬直していた高橋の顔が徐々に緩み、明るくほころんでいく。

その表情を見ただけで、さすがの流生にもその答えがわかっていた。

「よかった。どうやらＯＫみたいだな」

ほっとして微笑みかけると、高橋は何度も頷いた。

「もちろん！　もちろんＯＫに決まってるだろ！　流生さん最高‼　マジ愛してる‼　一生俺があんたのこと守る。絶対役に立つからさ」

愛してる、とがばっと抱きつき、高橋は流生の顔中にキスの雨を降らせた。

「僕も愛してるよ」

無我夢中のその様が可愛くてしかたない。

流生も抱き締め返してキスに答えた。

が、犬の鳴き声がふと耳に入ると、最高の喜びにのぼせていた頭がすうっと冷えた。

（ま、まずい）

この場にはもうひとりいたことを、人生初のプロポーズに緊張するあまり、ついうっかり失念していた。

「わ、わかった。わかったから……。後は家に帰ってからゆっくりな」

流生は興奮している高橋を慌てて押しのけ、おそるおそる後ろを振り向いてみる。

しゃがんで足元にじゃれつく犬達の頭を撫でていた純は、流生と視線が合うとすっくと立ち上がり、「おめでとうございます」とぺこっと頭を下げた。

「高さんもおめでとうございます」

「おう、ありがとな」

聡一に嫉妬されるほど仲がよかったふたりは、気さくににっこり微笑み合う。

「人前で堂々と同性相手にプロポーズできるなんて、聡一さんぐらいのものだと思ってたけど……。流生さんと聡一さんって、けっこう類友なんですね」

「えっ⁉」

純の顔に普段のそれより随分と生温かい笑みが浮かぶのを見て、流生はびっくり。

聡一から婚約者扱いされてもずっと平気な顔をしていたから、純もまた聡一同様ラブラブすぎて脳みそまでとろけているのかと思っていた。

だが、どうやら聡一に合わせてやっていただけで、純のほうは案外常識派だったようだ。

「類友って……。それ違うから。僕は聡一さんほどいっちゃってない。ただ単にこの場合はこのほうが話が早いと思っただけで……」

慌てた流生は、自分はこれでも常識派だと説明してみた。

だが、残念ながら純の生温かい笑みが消えることはなかった。


その後、もういいやと開き直った流生は、高橋にとっての両親的存在である執事夫妻の元に行き、娘さんをください、ならぬ、息子さんをください宣言をしてみた。

ふたりとも素でびっくりした顔をしたが、彼らのご主人さまの堂々たる所行を見ているせいか、すぐに復活。

高橋の意志をしっかり確認した上で許可してくれた。

恥はかきすてとばかりに、夕方になって帰ってきた聡一にも「彼を嫁に貰うことにした」と結婚宣言をしてみる。

その宣言に、聡一は不愉快そうに眉をひそめた。

「条件次第では却下だな」

「条件って？」

「専業主婦は駄目だ。兼業なら認めてやる」

「それって、ここを辞めるなってことですか？」

流生の隣りに立っていた高橋が聞くと、聡一は「そうだ」と頷いた。

「おまえはなにかと便利だからな。手放すのは惜しい」

勤務時間を短縮してパート契約にしてやってもいいぞ、と超上から目線だ。

そんな偉そうな聡一の態度に、流生は軽くムッとする。

言われた本人はどう思ってるだろうかと高橋をちらりと見ると、なにやらむず痒《がゆ》そうな顔で軽く口元を緩めていた。

手放すのは惜しい、と聡一から直接認められたことが、どうやら嬉しかったらしい。

（残念。これじゃあ辞めろって言えないな）

こっちの仕事をすんなり辞めさせるために、執事夫妻や聡一に結婚宣言をしたのに、思わぬ妨害が入ってしまった。

少々残念だったが、嬉しそうな高橋の顔を見てしまってはもう諦めるしかなかった。

☆

夕食を食べていけと聡一に誘われたが断り、勤務時間が終わった高橋を連れてそそくさと鷹取の屋敷を後にした。

帰宅途中、高橋に言われるままスーパーに寄って食材を大量に買い込み、家で夕食を作る。

流生の面倒を見る仕事から解放された高橋に、「僕もなにか手伝うよ」と言ってみたのだが「怪我しそうだから駄目」と断られてしまった。

敗因は、どうやら林檎の皮を剝けなかった話をしたせいらしい。

「料理ができるまでの間、なにか飲むか？」

「いや、いい。ひとりで飲んでもつまらないから……」

夕食の支度が整ったら、とっておきのシャンパンを開けるのだ。

そして、ふたりで乾杯。

なんの制約もない状態ではじめてふたりで過ごす夜に、流生はかなり浮かれていた。

幸せな夜は更け、すっかり浮かれていた流生は、高橋が風呂から戻ってくるのを待つ間にちょっとした悪戯心《いたずらごころ》を起こした。

寝室のドアが開く音と同時に、目を閉じて寝たふりをしてみる。

「……あれ？　流生さん？」

戻ってきた高橋は、目を閉じている流生を認めると足音を忍ばせながら歩み寄ってきた。流生が眠っているのを確認すると、額に微かに触れる程度の優しいキスをして、再び足音を忍ばせて置きっぱなしだったソファベッドのほうに行ってしまう。

「なんで、そっちに行くんだ？」

ムッとした流生は、がばっと起き上がった。

「僕と一緒に寝たくないのか？」

「いや、そうじゃなくて……。寝てるとこ起こしたくなくてさ」

「起こせよ。――……ずっと待ってたのに」

拗ねて膨れた流生を見て、高橋が苦笑する。

「ごめん。一応、確認しないとまずいかと思ったんだ。ほら、前に一緒に寝るのを、すっげー嫌がってたし」

「あれは会ったばっかりだったからだ。今は全然平気。むしろ、こっちに来い」

そういうことなら、と高橋は嬉々とした様子で近寄ってきて、ベッドに入ってくる。

頬や額にキスされて、身体に腕を回され抱き寄せられた。

高橋の胸に頬を寄せた流生は、安心感に満たされながら目を閉じて……。

「──なんで寝るんだ？」

両腕を突っ張って、がばっと上半身を起こした。

「え、寝ないの？」

「寝るけど、その前にやることあるだろう？」

プロポーズが成功した記念すべき日に、愛を確かめ合いたいと思うのは当然の流れだと思うのだが……。

流生が、じいっと見下ろすと、高橋はすいっと目をそらした。

「……もしかして、したくないのか？」

「逆。すっげーしたいけどさ。その……やるにしても、もうちょっと間を開けたほうがいいんじゃないかと思って……」

「え？　あ、なんだ。僕の身体を気遣ってくれてるのか。一週間経《た》ってるし平気だよ」

優しいなぁと感動していると、「いや、そうじゃなくて……」と気まずそうな声。

「なに？」

「この間のアレ、流生さんクスリでけっこうキテただろ？　素でやると痛いかもしれないし、この間と違うってがっかりするかも……」

だから、あの刺激的だった夜の記憶が薄れるまで、もうちょっと間をおいたほうがいいような気がする、と高橋が超弱気な発言をする。

(案外繊細)

流生に失望されたくないと思っているのが丸わかり。

好きな人の前では、常にいい格好をしたい男心全開だ。

(かっわいいの)

その子供っぽさがたまらなくて、流生はこっそりほくそ笑む。

「ふうん、僕を満足させる自信がないんだ」

「そういうわけじゃない。けど、やっぱクスリをキメてのセックスって、普通のとは違って強烈だからさ」

高橋をからかうかの如く、指先で、つつつっと喉から胸をくすぐっていた流生は、この発言にピタッと動きを止めた。

「クスリ、使ったことあるのか?」

流生の質問に、高橋はあからさまにギョッとした。

「……やんちゃ時代にちょっと。あ、でも、ただの若気《わかげ》の至りで、常習はしてねぇからな! 嘘じゃない。鷹取家の執事夫妻に誓ってホントだ!」

(若気の至りって……。まだ全然若いくせに)

慌てて言いつのる様がおかしい。

と同時に、もしも普通の家庭で育っていたら、彼はまだ大学生なのだと思い至る。

まだ二十歳なのに、急いで大人になろうとしていることに少しだけ胸が痛んだ。

でも、その思いは口にしない。

それを言ったところで、きっと喜ばないだろうから……。

(可哀想自慢はしないって言ってたからな)

まだ二十歳なのに、あの聡一に手放すのが惜しいと言わせるだけの能力を身につけた。

もしも、と仮定の話に思いを馳《は》せるより、今ここにいる彼が努力して積み上げてきた実績に目を向けるほうがいい。

「ただの好奇心だったんだって。粋がってて、なんでも試してみたい年頃だったたし……」

「もういいよ。ちょっと驚いただけで責めてるわけじゃないんだ」

大丈夫だからと、焦って言いつのる高橋を宥める。

「ホントか？　失望してねぇか？」

「大袈裟だな。こんなことぐらいで失望なんてしないよ。っていうか、むしろちょっと楽しみなぐらいだ」

「楽しみって、なにが？」

「僕はその手の遊びにあんまり興味がなかったから、さして経験積んでないし知識も乏しいんだ。でも君は、色々試して散々遊んで来たんだろう？　ふたりで楽しめる方法を、色々教えてもらえそうだと思って」

それが楽しみなんだよ、と囁きながらキスすると、高橋の顔がぱあっと明るくなった。

恋愛に関しては未熟者でも、どうすれば恋人が機嫌をなおしてくれるかぐらいはわかる。

(伊達《だて》に年上じゃないってね)

年の功ってやつだ。

「ひとつ質問するけど、君が若気の至りとやらでクスリをキメてセックスしたときと、この前僕を抱いたときと、どっちがよかった？」

「流生さんのがいいに決まってるだろ。——一目惚《ひとめぼ》れだったんだ。妙な成りゆきであんなことになっちまったけど、魂抜かれそうなほど惚れた相手を抱けて喜ばない男はいないって」

「僕も一緒」

「え？」

「一目惚れはしなかったけど、ゆっくり君を好きになった。——大切な人と、こうして触れ合える幸せに勝るものはないと思うな。クスリで感じられる喜びなんて、所詮《しょせん》は一時的なものだしね」

肉欲と愛情は別物だ。

この間は肉欲を満たすために身体を繋げたが、今日は愛情を確認し合うためにそうしたい。

「もっと君に夢中になりたい。それ以上に、君に夢中になって欲しい。そのために、僕も君を楽しませてあげられる方法を覚えたいんだ。――教えてくれるだろ？」

髪を撫でつつ微笑みかける。

「もちろん、任せとけって」

「ありがとう」

お礼を言うと高橋は眩しそうに目を細め、流生の頬に両手で触れてそのままゆっくりと引き寄せてくれた。

「……っ、大丈夫か？　いったん抜こうか」

心配そうな声が耳元で聞こえて、流生は慌てて首に腕を回してしがみついた。

「だめ…だ。……このまま、続けて……」

散々慣らしたはずなのに、熱い昂ぶりを呑み込んだソコは、ピリピリと押し広げられる痛みを訴えている。

（この前は平気だったのに……）

こうしてみると、前のときの自分の身体が、どれだけ弛緩していたかがリアルにわかる。

なんの痛みもなく、甘い喜びだけを感じたあの夜。

与えられる甘い喜びにただ満たされ、酔いしれて途中から完全に理性が飛んだ。

でも今日は、この痛みが流生の心を現実に繋ぎ止めてくれる。

「……っ……んん……あっ……」

時間をかけて奥まで呑み込み、やがてゆっくりと動き出した熱い昂ぶりが、流生の身体から甘い喜びを引きずり出していく。

微かな痛みは感じるが、むしろそれはスパイスとなって、痺れるような甘さを引き立たせてくれた。

「……あっ…ああ……いい」

やがて無我夢中で動きはじめた熱い身体に、流生は両手でしがみつく。

手の平や指先で、高橋の汗ばむ肌や筋肉の律動を探り感じた。

徐々に内側から迫り上がってくる熱さに甘い吐息を零し、熱い昂ぶりを呑み込んだソコをひくつかせて……。

「王太、……キス……キスして……」

「……流生さん」

強く引き寄せて唇を求める。

そのまま深く口づけて、強く舌を搦《から》め捕られ甘嚙みされると、流生の身体が甘く痙攣してソコがきゅっと収縮する。

「……つっ……」

その刺激を堪えようとしてか、苦しげな呻きが聞こえた。

（感じてくれてる）

自分の身体で高橋が喜んでくれているのをリアルに感じて、胸がジンと熱くなった。

与えられる熱と、身の内から沸き上がってくる熱さ。

お互いの熱で、身体も心も満たされていく。

「流生さんの中、も……最高」

うわずった甘いため息を耳に吹きかけられ、流生もたまらず、はふっと熱い息を吐いた。

「んんっ……王太……もっと……」

汗ばむ背中にしっかりと腕を回し、思いの丈を込めてぎゅうっと強く抱き締めた。

もっと奪って、もっと与えて……。

愛し合える人を得た幸福感に流生は酔いしれた。

（もうひとりじゃない）

そんな幸せな感情が身体中に満ちて溢《あふ》れ零れ出る。

流生は零れ出た幸福感に、頬を熱く濡らした。

6

その後、けっきょく高橋は鷹取家の仕事を辞めることになった。

流生になんの相談もないまま、三賢者が貸しをひとつ使って強引に引き抜いてきたのだ。

「そういうことなら、僕の運転手兼秘書をやってもらおうかな」

引き抜いたばかりの高橋を伴った三賢者にそれを報告されたとき、これでいつも一緒にいられると流生は浮き浮きしたものだ。

が、「駄目です」とあっさり三賢者に却下されてしまう。

「運転手ぐらいなら許可しますが、社長のお伴をさせるためだけに引き抜いたんじゃありませんからね」

高橋をあと数年で定年を迎える五百川の後継者として育て上げるべく、引き抜いてきたのだと三賢者は言う。

とりあえず高卒認定を取らせてから大学に通わせ、それと平行してビジネスに有用ないくつかの資格も取らせる計画なのだとか。

「世間知らずで甘ちゃんな社長と、脳天気で素《す》っ頓狂《とんきょう》なアイデアを出す社員ばかりじゃ会社は成り立ちませんからね。たまにはガツンと社長を叱ったり、みんなを制止できるような人間が絶対に必要なんです」

そして、自分の判断で少しばかり危険な橋を渡れる度胸のある存在も、この会社には絶対に必要なのだと言われた。

「高橋くんはまだ若いが充分度胸が据わっているようだし、この世の中、綺麗事ばかりじゃないってことも身に染みてわかっているようです。それに社長ご自身が彼を信頼している。そういう意味でも最適な人材ですよ。――社長の我が儘であちこち連れ歩くのはなしにしてくださいね」

わかりましたか？　と念を押され、流生は渋々頷いた。

「君はこの話、ちゃんと納得してるのか？　鷹取の屋敷に未練はないか？」

プロポーズしたあの日、手放すのは惜しいと聡一に言われて、高橋は確かに嬉しそうな顔をしていた。

上の都合であっちからこっちへと勝手に移動させられて未練が残るようでは困る。

なにより、自分の仕事は自分の意志で選ぶべきだ。

そんな信念の元、流生がした質問に、高橋は「大丈夫ですよ」と力強く頷いた。

「こう言っちゃなんですが、鷹取の屋敷での仕事は教わりさえすれば誰にでもできることばかりなんですよ。でも、こちらの仕事はそうじゃない。五百川さん達は俺を見込んで、わざわざ引き抜きに来てくれた。その期待に応えたいんです。――流生さん……じゃなくて、社長を公私ともに支えられる存在になれるよう頑張ります」

やる気に満ちあふれた顔で高橋が微笑む。

「そうか、わかった。——僕も期待してるから頑張ってくれ」

流生は安心して深く頷いた。


とはいえ、やる気はあっても勉強は苦手らしい。

「机に一日中向かってたら、頭が変になる」

だから絶対に運転手もやる。

そう言い張る高橋は、流生の外出に必ずついてきてくれる。

中学時代からすでにちょっとやんちゃだったとかで、基礎学力でかなり欠けている部分があるらしく、三賢者は容赦なしに高橋をビシビシしごきまくっていた。

流生はその話を聞いたとき、高橋がこの先学ぶべきものの多さに少しばかり不安を感じたが、三賢者は心配ないと言う。

彼らが言うには、基本の能力値が他の者達より高いから問題ないのだとか。

鷹取家にいる間も古参の使用人達から口頭で教わったことを一度で覚えたし、すぐに器用にやりこなせるようになっていたとかで、記憶力と応用力が半端ないらしい。

本人のやる気と努力次第で、短期間で充分に使える存在になると太鼓判を押されている。

大切な恋人の有能さを誉《ほ》められるのが嬉しい流生は、そんな話を聞く度についつい口元が緩んでしまう。

流生の微笑みが以前よりずっと優しくなったとは、社員達一同の共通認識だ。

☆

「ちょっ……それ危ないって」

「うるさいな。逆に危ないから、ちょっと黙ってろ」

脇から出てくる高橋の手を、流生はペッとはね除けた。

そして改めて真剣な顔で、まな板の上の人参と向き合う。

トン……トン……トン……と、規則正しく慎重に野菜を切る流生を見守る高橋は、ああっ、ちょっ！　と不安そうにおろおろするばかり。

最近の流生は、高橋から少しずつ料理を教わっていて、夕食時のおかずを一品だけ作るのがここ最近の日課になっていた。

ちなみにその見返りとして、夕食後、流生は高橋に英会話の手ほどきをしている。

「うわっ……やっぱさ、流生さんは料理に向いてねぇんだってば！　危なっかしくて見てらんねぇ。怪我する前に諦めたほうがいいって」

人参を切る流生の耳元で、俺がやる、俺の仕事だと高橋がしつこく言いつのる。

「だから、うるさいって言ってる。料理はじめたばっかりなんだから、不馴れなのはしょうがないだろう。やらなきゃ慣れないんだから、黙って見てろ」

手を出そうとする高橋を肘《ひじ》で小突いて追い払ってから、人参を細切りに解体する作業をまた続ける。

「とりあえずお茶と珈琲は淹れられるようになったんだから、もう充分じゃねぇ？」

「まだまだだ。ひとりでもフルコース作れるようになるまで続ける」

「なんだってそんなに料理に拘るんだよ。俺が作るって言ってるんだから、それでいいじゃねぇか」

「よくない。先々のことを考えたら、このスキルは絶対に必要なんだ」

「先々ってなんだよ。俺がずっと側にいるのに、あんたが料理覚える必要がどこにあるってんだ？」

もしかして……と、怪訝そうに顔を覗き込まれて、流生は思わず高橋のつま先を踵《かかと》で踏みつけた。

「イテッ！　なにすんだよ」

「うるさい。変なことを考えた罰だ」

正式に一緒に暮らすようになり、より親密になったせいか、最近の流生は高橋に対して遠慮がない。

少しぐらい邪険にしても絶対に離れていかないという、確かな安心感があるせいかもしれないが……。

「僕が考えてるのはそういうことじゃない。今はまだそうやってのんびりしてられるけどな、この先、大学受験を皮切りに諸々の試験勉強に追われるようになったら、家のことなんかやってる余裕はなくなるぞ。そのときのためにも、僕も家事ができるようになってないと困るだろう？」

料理だけじゃなく、掃除やテラスの植物達の手入れだって少しずつ覚える必要がある。

「……って、じゃあ、これって全部俺のため？」

「当然だ」

流生は威張って頷いた。

どんなに忙しくなったところで、きっと高橋は自分が流生の面倒を見ると言い張って、他人をこの部屋に入れることを好まないだろう。

それがわかっているからこそ、流生としてもじっとしてはいられない。

それに、愛《いと》しい恋人から、公私ともに支えられるようになるために頑張るなんて言われてしまったのだ。

可能な限り全力で協力してやりたいと思うのは当然だろう。

特別な相手の役に立てるのが嬉しいと高橋は言っていたが、それが事実だと流生はここ最近しみじみと実感している。

「なんか俺、惚れ直しちゃったかも……」

「そうか？　だったら、妨害しないで大人しく見ていろ」

「妨害って……。危なっかしいから見てらんないだけだっての」

「だったら、黙って耐えてろ。耳元でギャーギャー言われると気が散る」

わかったか？　と顎を上げて高慢な態度で確認を取る。

高橋は嬉しそうに目を細めつつも、「そんなん無理だって」と頷かなかった。

「流生さんが怪我するかもしれないってのに、黙って見てられるわけないだろ」

（王太も、たいがい過保護だな）

そういう意味でも、三賢者の後継者としては最適なんだろう。

「だったら、ちょっと離れて向こうに座ってろ」

フラットタイプのカウンターの向かい側を指差すと、高橋は渋々そっちに座った。

「流生さん、絶対に油断するなよ。手に切り傷があると日常生活で不便するし、充分気をつけてな」

手が届かないところに離れたぶん、注意を促す方向で口を動かすことにしたらしい。

（ああ、もう。うるさい）

流生はとりあえず話題を変えることにした。

「そういえば、王太、入籍はいつにする？」

特に急ぐ話でもないから、好きな数字の日を選ぶとか、どちらかの誕生日に合わせるとかもできるぞと言うと、高橋はちょっと表情を硬くした。

「急がないんなら、五年ぐらい先でどうかな」

「そんなに？」

これには、正直ちょっとがっかりだ。

「そんなに待たなきゃならない理由がちょっと思い当たらないな。……もしかして、どっちかが心変わりするかもなんて思ってる？」

「思ってねぇよ！　そうじゃなくてさ……。順調にいけば、俺、五年後には大学卒業して資格なんかもばっちり取れるだろ？」

「まあ、そうだな」

「公私ともに、ちゃんと流生さんを支えられるようになるから、そうなってから入籍したい」

（嬉しいことを……）

やる気満々な物言いが可愛くて、ついつい流生の口元が緩む。

「でさ、そのときは、流生さんが俺の嫁さんになっ……」

「無理」

流生は、高橋に最後まで言わせず強引に言葉を遮った。

「え、いや、だってさ……」

「だから無理。——入籍って言ったって、要は養子縁組なんだぞ。年上の僕が親で、年下の君は子の立場だ。五年待とうが十年待とうが、年の差は埋まらないから、どうしたってそれは無理」

「……ああ、そっか。そうだよな。……なんで俺、こんな年下に産まれたんだ」

高橋が拗ねた声で口惜しそうに言う。

(可愛いなぁ)

流生は思わず微笑んでいた。

(僕的には、年下のほうがいいのに……)

年上相手だと、つい気に入られようと無意識のうちに良い子ぶりっこしてしまって、緊張するし疲れる。

その点、年下だと、最初から優位に立てているような気がして安心できる。

十歳近く年が離れているとなるとなおさらで、そういう意味でも高橋は流生にとって理想的な相手だ。

しかも、こっちが上から目線で高慢な態度を取っても逆に喜んでくれるんだから、相性的には最高なのだが……。

(言わないでおくか)

人生に向上心は必要だ。

望む未来を引き寄せようと努力する原動力にもなるから……。

「王太、こっちに来い」

流生が高橋を呼びつけると、立ち上がって近づいてくる。

「なに？」

軽く屈んで聞いてきたところで、包丁を手に持ったまま頬にちゅっとキスをひとつ。

「おっ、なんのサービス？」

「サービスじゃなくて、これはお礼のキスだ」

目上の人に対する礼儀としてのヤンキー言葉に、賛美の意味を込めた口笛。

そして頬へのキスは、感謝の証《あかし》。

流生は、高橋の常識を尊重して感謝の意を表してみた。

「公私ともに支えてくれるっていう、その決意は嬉しいからな」

「決意だけじゃなく、ちゃんと実現するぞ。――一生あんたを守ってやるからさ」

楽しみにしてろよ、と嬉しそうに微笑んだままの高橋の唇が、流生のそれに触れる。

唇へのキスは、約束の印だ。

(一生守る、か……)

流生にとって、こんなに嬉しい言葉はない。

ありがとう、と頬にキスすると、高橋は嬉しそうに目を細めた。

夫達は雑談する

この日、鷹取家《たかとり》の広大な庭では、結婚式が執《と》り行われていた。

結婚式の主役は、流生《るい》の従姉妹《いとこ》である香織《かおり》とその恋人の加納《かのう》だ。

状況が状況なので、ふたりは結婚式をせず加納の入院中に入籍だけすませていたのだが、現在香織が世話になっている鷹取家の使用人一同が、ふたりのごく親しい人々だけを招いたガーデンウエディングをサプライズで計画してくれたのだ。

そして今日は、長期入院していた加納の退院日。

あれよあれよという間にウエディングドレスとタキシードに着替えさせられたふたりは、司祭の前で誓いの言葉を宣誓している。

（嬉《うれ》しそうだな）

妊娠中のお腹《なか》が目立たないデザインのウエディングドレスに身を包んだ従姉妹に、流生は優しい眼差《まなざ》しを向けていた。

二十年近く顔を合わせていなかった従姉妹だが、ここ最近は頻繁に連絡を取り合っていたし、お互いの面差しがとてもよく似ていることもあって、思いがけなく新婦の兄の心境を味わっている。

そんな流生の傍《かたわ》らに立つ高橋《たかはし》はというと、さっきから花嫁と流生の顔を何度も交互に見比べている。

うっかり目を合わせたり、どうした？　などと問いかけたりしたら、女装する気はないかと聞かれそうな悪い予感がするので、現在大絶賛シカト中だ。

誓いのキスの後、花嫁が感極まったようにぽろぽろと涙を流す。

（昔から泣き虫だったっけ）

だが今のこの涙は、子供の頃に父親から理不尽な怒りをぶつけられ怯《おび》えて流していた涙とは違い、温かで幸せな涙だ。

しかも、その涙をぬぐってくれる温かな手もある。

今日のこの誓いが永遠に続けばいい。

流生は優しい気持ちでそう願っていた。


めでたく香織の夫となった加納は、香織の父親の差し金で職を追われており、現在は困ったことに無職だ。

退院後は、妊婦である香織を気遣ってくれた執事夫妻の申し出で、身体が完全に回復するまでは鷹取家に世話になることが決まっており、できる範囲で屋敷内の雑用を手伝うと言っている。

以前はかなり有能なエンジニアだったとかで、身体が本調子になったら鷹取家系列の企業での面接を受けてみないかとも打診されているらしい。

香織はそこまでお世話になるのは申し訳ないと言っているようだが、就職難が囁《ささや》かれる昨今、コネは最大限に使うべきだと流生が説得している最中だ。

（うまくいけばいいいな）

式の後、ガーデンパーティーとしゃれ込んで、招待客達は芝生の上に点在する丸テーブルを囲んで和やかに談笑している。

手伝いに駆り出された高橋は、あちこちのテーブルにグラスや追加の料理をせっせと運んでいる。

流生は少し離れた場所に置かれた休憩用の椅子に座り、そんな高橋の姿をぼんやりと眺めながらシャンパングラスを傾けていた。

ちなみに、流生の隣りの椅子には聡一《そういち》が座っていて、その視線の先には招待客達に挨拶《あいさつ》しながら、この後に行うミニゲームに使う道具を配って歩く純《じゅん》の姿があった。

「ひとつ確認したいことがある」

ひんやりした声で聡一から唐突に声をかけられ、流生はグラスから唇を離した。

「なんですか？」

「天野《あまの》家を継ぎたいと思うか？」

「思いません」

冗談じゃないと、流生は間髪入れずに答えた。

「かなり弱体化したが、まだ手に入れるだけの価値はあると思うが？」

「嫌です。あそこは僕には合わない」

大企業のトップになることに魅力は感じないし、自分にそれを背負う能力があるとも思えない。

（僕は聡一さんほど図太くないし……）

孤高の座に座るより、社員ひとりひとりの顔が見えて、直接話しかけることができる程度の規模の会社が自分には向いている。

流生がそう説明すると、聡一はわかったと頷《うなず》いた。

「それなら、こっちで好きに処理しても構わないな」

「もちろん。……買収に入るんですか？」

「いや。さすがにそれはしない。内部にどんな腐敗を抱えているかわからない企業を取り込みたくはないからな。だが、このままほうっておくつもりもない」

このまま緩慢な自殺行為を続けていけば、いずれは一気に瓦解《がかい》する。

経済界に及ぼす影響を無視できないし、その迷惑を被《こうむ》るのもごめんだ。

そうならないようトップの首をすげ替えると聡一は言う。

「造反組に手を貸そうと思う」

「造反組？」

流生が問うと、ふたりの叔母の伴侶《はんりょ》達が、天野家のトップの座を狙って暗躍しているようだと教えてくれた。

「今の宗主《そうしゅ》よりは彼らのほうがマシだろう」

「……そうですね」

（宗主の座を追われたら、あの人はどうなるんだろう？）

なりたくもない宗主の座を与えられたことを恨んで、天野家自体を緩慢な自殺に追い込もうとしている流生の父親。

天野家を滅ぼす、そんな暗い想念だけを抱いて生きてきたのだ。

今になって宗主の座を取り上げられても、きっと喜びはしない。

むしろ、生きる目的をなくしてしまうのではないだろうか。

（どうなったって、僕の知ったことじゃないか）

あの人が、生きる屍《しかばね》のような抜け殻になったとしても可哀想だとは思わない。

生きる目的をなくして、その人生に自ら終止符を打ったとしても、きっと悲しいとは思えないだろう。

流生にとって父親は、それぐらい遠くにいる。

まるで、スクリーンの向こう側に投影された幻想のようなもの。

いま目の前に広がっている明るく幸福な光景の中では霞《かす》んで見えなくなってしまう、その程度の存在だ。

今となっては、その程度の存在にずっと拘《こだわ》り、捕らわれ続けてきた自分がなんだかおかしく感じられた。

「造反組に手を貸して、聡一さんにはなにかメリットはあるんですか？」

「さしてない。状況は刻々と変わる。未来への布石のつもりでも、無駄になる可能性もあるしな」

「だったら、もうほっといてくれてもいいですよ。香織さんのことといい、今回は色々とお世話になっているし……」

これ以上の借りを作るのが嫌だった流生がそう言うと、聡一にちらっと冷たい視線を向けられた。

「勘違いするな。おまえのために手を貸すわけじゃない」

「だったら、なんのためなんです？」

「無能な経営者が我慢ならないだけだ。上に立つ者は、下々《しもじも》の者に対する責任があるからな」

（下々の者って……）

聡一のナチュラルな上から目線に、思わず苦笑が零《こぼ》れた。

だが、言っていることは正しいとは思う。

（そこら辺、僕はわかってなかったもんな）

以前の流生にとって、会社は遊び場で、社員達は大好きなおもちゃだった。

社長としての自分の責任を自覚するのがもう少し遅かったら、大切な生き甲斐《がい》をなくしてしまっていただろう。

そういう意味では、聡一は自分の立場を本当の意味でしっかり自覚している。

かつて、もう駄目だろうと誰もが見捨てかけていた鷹取家を諦《あきら》めずに建て直したのも、そうした自らの責任に対する自覚があったからだろうし……。

（しかも、意外と親切）

香織が世話になっていることもあって、ここ最近の流生は鷹取家に足を運ぶ機会が多い。

それで気づいたのだ。

聡一は情を理解しない人間ではないらしいと……。

婚約者である純の影響かもしれないが、とにかくいま現在の聡一は、少々横柄なところがあるものの決して冷たい人間ではない。

なのに……。

(どうして僕にだけ冷たいんだ？)

いつもいつも、流生に対する聡一の声や目線はひんやりしている。

それなのに使用人達に対してはさほどでもないのだ。

純が極端にプラスで、流生が極端にマイナスなら、使用人達はプラスマイナスゼロ。

これはいったいどういうことだろう？

(もしかして、ずっと鬱陶《うっとう》しがられてたとか……)

なんだかとても怖い考えになってしまった。

流生は、おそるおそる聡一に聞いてみた。

「聡一さんって、昔から僕に対してだけ極端に冷たいような気がするんですが……」

気のせいですかね？　と問うと、気のせいじゃないと聡一が答える。

「どうしてなんですか？」

「知りたいか？」

「はい」

「だったら言うが、おまえ、甘やかすとつけあがるタイプだろう？　調子に乗らせて図々《ずうずう》しくなられると面倒だから、わざと冷やかに対応しているだけだ」

(つ、つけあがるって……)

思い当たる節が山盛りだった流生は、思わず絶句して固まる。

「聡一さん！　流生さん！　花嫁さんのお色直しがそろそろ終わりますよ」

少し離れたところから、純がこっちに来てくださいと手招きしている。

「いま行くよ」

愛しい婚約者の声で一気にプラス側に片寄った聡一が、優しい微笑みを浮かべて立ち上がり純の元へと歩み寄って行く。

取り残された流生の元には、甘やかしすぎてすっかり流生につけあがられた恋人が駆け寄ってきた。

「流生さん、なに固まってんだ？」

「……聡一さんに苛《いじ》められた」

「マジで？」

ぼそっと流生が呟《つぶや》くと、高橋の表情も一気に固まる。

以前だったら、きっと即座に怒っていた場面だ。

だが最近の高橋は、聡一に対する子供じみた反発心を表には出さなくなった。

鷹取家から巣立ち、聡一の社会的な地位や力を正確に把握できるようになったせいか、それとも他の理由があるのか。

はっきりと聞いていないから、その理由はわからないが……。

「――俺、聡一さまに抗議してやる」

しばしの葛藤《かっとう》の後、意を決したように高橋が言う。

そのためにもなにがあったか正確に教えてくれと言われて、流生はふっと目元を和らげた。

相手の大きさを理解してなお、立ち向かって守ってくれようとする。

その気持ちが、ただ嬉しい。

「冗談だよ。ちょっとからかわれただけだ」

「ホントか？」

「ああ。本当」

つけあがらせるつもりはなくとも、決して嫌われてはいないだろう。

なにしろ聡一は、嫌いな人間を長く側《そば》におけるほど心が広くないのだから……。

「そういえば、香織さんのカクテルドレスって、けっきょくどの色になったんだ？」

「ロイヤルブルーだってさ。暖色系より、そっちのが似合うだろうって」

「ああ、確かにそうかもな」

「流生さん、俺達の入籍時にもお披露目とかするのか？」

「もちろん。とはいっても、招待するのは本当の内輪だけのつもりだけど」

「そっか。じゃあさ。そんとき、流生さんも――」

「無理」

なにか妙に浮き浮きした高橋の様子に、そりゃもうとても悪い予感がした流生は、その言葉を強引に遮った。

「え、あの……」

「嫌だ」

「いや、だから――」

「絶対無理」

足を組み直し、顎《あご》を上げて高慢な態度で見上げると、高橋は諸々《もろもろ》察したらしく、「わかった。諦める」と苦笑しながら両手を上げて潔く降参した。

「残念、ふたりともタキシードか」

「そうだな。ああ、でも、君がドレスを着たいのなら構わないけど？」

ふふんと笑うと、勘弁しろよと高橋が苦笑する。

「――っと、そろそろ行くか」

香織さんの親族は流生さんひとりなんだから前に出て出迎えてあげないと……と、ごく自然に高橋が手を差し伸べてくる。

「そうだな」

流生は、その手を取って立ち上がった。

しっかりと握り返してくるその手の強さに、勝手に唇がほころぶ。

(僕も、聡一さんと一緒なんだろうな)

流生は高橋と手を繋《つな》いだまま、花嫁待ちの人々の列に向かって歩き出した。

昔の自分を知っている人が見たら、誰だ、これ？　と驚くほどに甘い表情を浮かべているに違いないと思いながら……。

あとがき

こんにちは。もしくは、はじめまして。

黒崎あつしでございます。


まずは近況で私事を少々。

ここ数日で急に寒くなって、慌てて湯たんぽを使い出しました。

冷え症なので、二年ほど前からソフトな柔らか湯たんぽを愛用中。

チクチクと手縫いしたお手製のカバーをつけ、仕事中には膝の上に、眠るときには添い寝して、そりゃもう愛でております。

エコだし、ぬくぬくで幸せ。


冷え症ネタでもうひとつ。

冷え症の上に少々腰も悪いので、座り仕事で足がむくみがち。

しかも、むくむのは腰のせいで右足メイン、うう……。

修羅場中ともなると連日座りっぱなしなので、むくみきってまるで象のような足に……。

こりゃいかんと、最近むくみ防止のハイソックスなるものを愛用しています。

これは良いですね〜。

マッサージでもお灸でもどうにもならなかったむくみが、数日でスッキリしました。

ただひとつ悲しいのが、ハイソックスが長すぎること。

パッケージの写真では膝下までの長さなのに、実際に履くと膝上まできちゃいますよ。

私、身長は標準ぐらいだと思うのですが……。

最近のお嬢さん方は、きっと足が長いのでしょうね。羨ましいです。しくしく。


そして、某番組で紹介していた【計るだけダイエット】なるものをこの夏から実践中です。

コレしちゃ駄目、アレしちゃ駄目と制限されるダイエットは無理だと思ってたので、とりあえず試しにと一日二回きちんと体重を量ってグラフをつけてみております。

意識してダイエットなるものをしたのははじめてなのですが、これが性に合っているようで地道に効果は出ているようです（一ヶ月でマイナス〇・五キロという地道ぶり（笑））。

とりあえず今は、二十歳の頃の体重に戻るのが目標。

もうすでに、おばさんと言われる年齢なので、美容より健康に留意した生活をしております。

以上、近況でした。

さてさて、今回のお話は、『お嫁さんになりたい』、『旦那さまなんていらない』のスピンオフになります。

『お嫁さん』に『旦那さま』ときたので、今回はタイトルに『花嫁』をもってきてみました。

そんでもって今回は、前作『旦那さまなんていらない』の旦那さま、聡一の友人（？）である流生が主人公。

前作にもちょっと登場した聡一のお屋敷の使用人、高橋がそのお相手となります。

とあるトラブルに巻き込まれていた流生が、聡一から、嫁でも貰ったつもりで身の回りの世話でもさせろと使用人である高橋を押しつけられ、困惑して……というお話。

ちょっとばかりひねくれた大人子供と、背伸びしたいお年頃の青年の恋物語。

書きはじめた途端、流生が最初の想定よりずっと感情豊かに動き出してくれたので、最後まで楽しく書き進めることができました。

スピンオフではありますが、これ一作でも楽しんでいただける仕上がりになっていると思います。

皆さまにも楽しんでいただければ幸いです。

引き続きイラストを引き受けてくださった高星麻子先生に心からの感謝を。私の乏しい想像力以上に流生が美人でとても嬉しいです。

いつも明るく対応してくれる担当さん、毎度どうもどうもです。楽しく書けているのに、足踏みばかりでストーリーがなかなか先に進まず、ずるずると遅らせてしまって申し訳ない。鬼が笑うかもしれないけど、来年は甘えを捨てて頑張るよ！

この本を手に取ってくださった皆さまにも心からの感謝を。読んでくださってどうもありがとう。本当に嬉しいです。皆さまが、少しでも楽しいひとときを過ごされますように。またお目にかかれる日がくることを祈りつつ……。

二〇一〇年十月

黒崎あつし

✦初出　花嫁いりませんか？……………書き下ろし
夫達は雑談する……………………書き下ろし

黒崎あつし先生、高星麻子先生へのお便り、本作品に関するご意見、ご感想などは
〒151-0051 東京都渋谷区千駄ヶ谷 4-9-7
幻冬舎コミックス　ルチル文庫「花嫁いりませんか?」係まで。

幻冬舎ルチル文庫

花嫁いりませんか?

2010年11月20日　第1刷発行

✦著者	黒崎あつし　くろさき あつし
✦発行人	伊藤嘉彦
✦発行元	株式会社 幻冬舎コミックス 〒151-0051 東京都渋谷区千駄ヶ谷 4-9-7 電話 03(5411)6432[編集]
✦発売元	株式会社 幻冬舎 〒151-0051 東京都渋谷区千駄ヶ谷 4-9-7 電話 03(5411)6222[営業] 振替 00120-8-767643
✦印刷・製本所	中央精版印刷株式会社

✦検印廃止

ISBN978-4-344-82103-3　C0193　Printed in Japan